나쁜 사람은 없다
세상에

세상에
나쁜 사람은 없다

2019년 1월 20일 1쇄 펴냄
2021년 2월 25일 2쇄 펴냄

지은이 원재훈
펴낸이 이상
펴낸곳 가갸날
주소 경기도 고양시 일산동구 강선로 49 BYC 402호
전화 070.8806.4062
팩스 0303.3443.4062
이메일 gagyapub@naver.com
블로그 blog.naver.com/gagyapub
페이지 www.facebook.com/gagyapub
디자인 강소이

ISBN 979-11-87949-30-5 (03810)

이 도서는 한국출판문화산업진흥원의 출판콘텐츠 창작 자금 지원 사업의 일환으로
국민체육진흥기금을 지원받아 제작되었습니다.

이 도서의 국립중앙도서관 출판시도서목록(CIP)은 서지정보유통지원시스템 홈페이지
(http://www.nl.go.kr/cip.php)와 국가자료공동목록시스템(http://www.nl.go.kr/kolisnet)에서
이용하실 수 있습니다.(CIP제어번호: CIP2018039468)

가갸날

몽골의 엄마들은 아이들이
떼를 쓰면서 억지를 부리면
아이에게 너의 손바닥을 쫙 펴서
한번 깨물어 보라고 한다.
아이는 엄마의 말대로
손바닥을 깨물려고 한다.
당신도 한번 따라해 보라.
있는 힘껏 쫙 편 손바닥을
지금 깨물어 보라.
하여간, 손바닥을 깨물지 못한
아이의 등을 다독거리면서
엄마가 아이를 위로해 준다.

이 이야기들은
그런 삶의 손바닥에
쓴 이야기들이다.

3부
고양이 상처

1부

태엽 감는 쥐

태엽 감는 쥐

'이 소설은 짝퉁입니다'라고 케이는 서문의 첫 문장을 적었다. 이 소설을 쓰기 위해 케이는 한글로 번역된 하루키의 소설을 일 년에 걸쳐 거의 다 다시 읽었다. 아주 꼼꼼하게, 그리고 〈태엽 감는 쥐〉라는 장편소설을 탈고했다. 필명을 하록기河錄基라고 적었다. 프린트한 원고를 다시 한 번 검토한 케이는 비장의 미소를 지었다.

이제는 좋은 소설을 써도 독자들이 읽지 않는 시대다. 초판을 십만 부 이상 찍는 작가의 작품이 필요하다. 그의 '짝퉁' 소설을 쓰고 필명을 써서 출판을 하는 방법이었다. 그는 이 기획을 아무에게도 이야기하지 않았다. 진품보다는 짝퉁이 판매량에서는 앞선다. 단, 구두나 가방과는 달리 내 소설은 하루키 진품보다 더 잘 만들자. 이것이 승부의 포인트였다. 그는 고흐가 그린 〈구두〉라는 작품을 유심히 바라보면서 미소 지었다. 저 낡아 빠진 구두가 명화가 되었다.

〈태엽 감는 쥐〉는 케이가 인상적으로 읽은 하루키의 〈태엽 감는 새〉를 패러디한 소설이었다. 태엽을 감는 전자 장난감 쥐가 복잡한 디지털 미로를 찾아간다는 설정이었다. 적어도 케이가 보기에는 하루키 소설보다 더 잘 읽히고 작품 수준도 명품이다. 문학 비평계에서는 유명 작가이지만 판매량에서는 무명작가인 그를 안타까워했다. 작품집을 여러 권 출간한 문학 출판사 편집장도 그의 의견에 동의하고 말했다.

"이젠 이런 시대가 되었군요. 처음엔 황당했는데 막상 작품을 읽어보니…, 걸작입니다. 이건 짝퉁이 아니라, 명품입니다. 선생님 최고의 작품입니다."

"요즘 사람들이 책을 너무 안 읽어서 말이야."

"그래도 되는 책은 됩니다. 그게 자본주의 시장의 논리이지요. 이건 분명히 화제가 될 겁니다."

"나도 그렇게 생각하네. 잘 부탁해. 그리고 절대 내가 썼다는 것을 알게 해서는 안되네. 사람들은 선입견으로 움직이는 태엽 감는 쥐 같으니까 말이야."

"고맙습니다. 이 소설로 출판사가 살아나겠네요."

소설이 출판되자 케이의 생각은 그대로 맞아 떨어졌다. 비평가들도 뜨거운 눈물을 흘리면서 감탄하면서 작품 평을 발표했다. '위대한 신인의 탄생이다. 이 소설의 문장들은 내 심장의 깊은 곳에 있는 감동의 과녁에 명중했다. 걸작이다! 걸작이다!' 이 소설을 케이가 썼다는 사실은 아무도 몰랐다.

'작품보다는 작업이 중요한 시대가 되었다'라고 신문사의 문학 담당 기자는 하록기 현상에 대한 기사를 썼다. 국내에서 초대박 베스트셀러가 되자, 중국과 일본에서도 관심을 보였고, 작품을 검토한 신초샤가 먼저 거액을 제시하고 번역 출판을 결정했다. 연이어 중국에서도 출판을 결정했다. 하록기는 해외 베스트셀러 작가가 되었다. 부도 위기에 놓여 있던 문학 출판사는 돈방석에 앉았다. 하록기가 케이라는 사실이 알려지며 사람들은 다시 한 번 놀랐다. 이제는 한물간 올드한 작가가 이런 소설을 쓰다니!

일 년 후, 진품 하루키가 짝퉁 하록기를 대담 자리에서 만났다. 두 사람은 스튜디오로 나가기 전에 손 인사를 하고 의미심장한 미소를 지었다. 하루키가 하록기에게 말했다.

"그 비밀을 어떻게 알았소?"

"고맙습니다. 선생의 작품을 읽으면서 눈치 챘지요."

하루키는 낮은 목소리로 말했다.

"허허, 나도 당신이 패러디한 그 작품을 쓰기 전에 그걸 깨달았지."

"다만 세상이 변했지요."

"그래요. 누군가의 모든 작품 바로 그 모든 작품 다음에 걸작이 나오는 법이지. 강물이 흘러 바다가 되는 법이니까."

"그런데 이젠 명성과 돈, 무엇보다 이름이 작품보다 더 중요한 시대가 되었습니다."

"그것도 참 절묘한 선택이었소."

하루키는 미소 지었다. 하지만 하록기는 우울한 얼굴로 중얼거렸다.

"마지막 선택이었습니다. 이젠 작품을 못 쓰겠습니다."

하루키는 잠시 뭔가 생각하더니 고개를 끄덕였다. 두 사람은 스튜디오로 걸어 들어갔다. 청중들이 우레와 같은 박수를 치고 있었다.

세상에
나쁜 사람은
없다

개는 플라톤이 〈국가〉 2권에서
말한 바와 같이 세상에서 가장
철학적인 짐승이다.
(라블레, 〈가르강튀아〉 작가 서문에서)

오늘 제작할 방송 내용은 미친 듯이 먹어대기만 하는 '사람'이 주인공이다. 공영방송인 우리 방송국에서 개편을 맞이해 새로운 프로그램을 제작한다. '세상에 나쁜 사람은 없다'라는 컨셉으로 우리들의 오랜 애완동물인 '사람'을 다양한 각도로 조명해 봄으로써 우리 개들의 마음을 달래주는 '사람'이 길들이기에 따라서는 매우 달라진다는 점을 강조하는 제작 의도이다. 프로그램명도 기획 의도를 최대한 반영해, 〈세상에 나쁜 사람은 없다〉라고 했다.

많은 사람들이 그러하지는 않지만 가끔 이상행동을 보이는 사람 때문에 고민하는 우리 개들의 마음을 달래주는 것이 중요했다. 사실 점점 각박해지는 우리 개 사회에 '사람'만큼 친근한 동물이 또 얼마나 있단 말인가. 요즘에는 사람이 죽으면 자기 가족을 잃어버린 것처럼 트라우마에 시달리는 개들이 있는 정도이니까 말이다. 이제 사람은 더 이상 가축이 아니다. 우리 개와 동격인 것이다. 아마 사람고기를 먹는 개들의 야만적인 행동은 수년 안에 사라질 것이다. 뭐 먹을 것이 없다고 그토록 다정한 사람고기를 먹는단 말인가.

우리 사회에 애완동물 시장은 사람과 원숭이로 크게 나뉘어 있는데 이 행성을 지배하고 있는 우리가 개와 고양이로 나뉘어 있듯이 사람도 백인, 흑인, 홍인으로 크게 나뉜다. 원숭이보다는 사람이 고가로 거래된다. 아무래도 털이 적고 생긴 것도 예쁘기 때문이다. 암컷들은 수컷에 비해 더 고가로 거래된다.

오늘 우리가 촬영을 나가는 집안의 애완 사람은 백인종이고 금발에 뚱뚱한 놈이다. 이놈은 미친 듯이 먹어대기만 하는데, 간혹 사료를 조금 덜 주면 주인인 개에게 으르릉거리면서 공격성을 드러낸다. 미친 사람이 우리 개를 물면 광인병에 걸려 매우 치명적일 수도 있다.

촬영 팀은 보호 장비를 착용하고 사람에게 접근했다. 녀석은 과연 뚱뚱한 몸짓에 탐욕스러운 이빨을 드러내면서 사료를 먹고 있었다. 가끔은 주먹을 휘두르기도 하고, 주위에 있는 물건을 쥐고 달려들기도 해서 아주 위험할 때가 있다. 그 사람의 주인인

스티브가 말했다.

"이 녀석은 조금이라도 먹을 것을 소홀하면 아주 지랄이에요. 그렇다고 거리에다 버릴 수도 없고 말이지요."

"그래, 언제부터 저 지경이 된 겁니까? 절대로 유기하시면 안 됩니다. 잘 보살펴야 합니다. 사람처럼 나약한 짐승도 없어요. 유기는 범죄입니다. 우리가 잘 돌봐야 되는 겁니다. 혹시 어떤 이유가 있는지 짐작은 되시는지요?"

"글쎄요. 요즘에 하도 먹방이 유행이어서 그런지. 먹방 프로그램만 나오면 아주 정신을 놓고 보고 있어요. 가끔 지가 개라도 되는 줄 알고 유심히 들여다보는 걸 보면 참 신기해요. 어쩜 저렇게 우리들을 닮았는지 말이지요."

"그래요. 그럼 카메라를 켜 놓고 한번 관찰해 보지요. 티브이를 틀어 놓고 어떤 행동을 하는지 봅시다. 모든 질병에 원인이 있듯이, 세상에 나쁜 사람은 사실 없습니다. 우리가 그들을 이해하지 못하고 소통하지 못해서 그런 거지요. 어찌 보면 우리들의 잘못일 수도 있습니다."

"그래요. 처음엔 저러지 않았는데 말이지요. 중성화 수술을 해서 그런 것인지도 모르지요. 본능을 제거했으니 다른 본능이 터져 나온 것이 아닌지 말입니다."

"그래도, 중성화는 하셔야 됩니다. 사람들의 성욕은 어휴, 걷잡을 수 없어요. 중성화를 하지 않으면 우리 행성은 아마 사람들 천지로 변할 겁니다. 어쩌면 사람들이 우리를 지배할 수도 있어요."

"그렇지요. 최근에 천문학자들은 이 광활한 우주에 사람이 지배하는 행성이 있을 수도 있다는 가설을 세웠다지요."

"그럼요. 충분히 가능한 일이지요. 그런 행성이 분명히 있을 겁니다."

"가끔 UFO가 출현한다고 하는데, 그 외계인의 모습이 사람과 아주 흡사하다고 합니다."

"아이고, 그래요. 허긴 저 녀석을 가만히 보고 있으면 지능이 아주 뛰어나서 어떤 행성 하나 정도는 차지하고 살 것 같기도 해요."

"아마, 그 행성은 전쟁과 폭력이 난무할 겁니다."

"그래요. 우리가 통제하지 않으면, 아이고 난리, 난리."

"그래서 더 사랑스럽지요. 가끔 평화를 사랑하는 모습도 보이고, 워낙 성격들이 다양해서 말이지요."

우리는 주인의 허락을 얻고 사람을 관찰했다. 과연 하루 종일 빈둥거리다가 먹방 프로그램이 방송되자 이 녀석이 벌떡 일어나서는 유심히 방송을 보고 있었다. 그러더니 사방으로 먹을 것을 찾아다니는 모습이 가관이었다.

우리는 뚱뚱한 사람을 일단 주인과 격리시키고 자연 속에서 정해진 사료와 일정한 운동을 시키면서 몇 달간 지속적으로 교육을 시켰다. 사람은 우리들의 믿음을 배신하지 않았다. 이 녀석은 다시 단정한 태도로 돌아왔다. 고분고분하게 순종적으로 변했다. 녀석은 다시 주인의 사랑을 받는 사람으로 살아갈 것이다. 정말 다행이다.

우리는 촬영 영상을 잘 편집해서 모두 4회로 나누어 방송할 것이다. 사람을 관찰하면서 우리는 몇 가지 깨달음을 얻었다. 우리도 자꾸 먹기만 하면 언젠가는 사람들처럼 이성이 마비되고 말 수도 있다. 뭐든 적당히 해야지 폭식은 이성을 마비시키고 지나친 비만으로 고통에 빠질 수가 있다. 개가 사람이 된다니, 그건 끔찍한 일이다. 정신을 바짝 차려야겠다. 우리는 그날 저녁은 아주 간단하게 선식을 먹고 퇴근했다. 며칠 방송국에서 밤샘 작업을 했다. 아내가 보고 싶다. 내 아내는 고양이다.

아내는 사람들이 지배하는 행성에 관심이 많다. 그녀는 천문학자이기 때문이다. 이 광활한 우주에 사람이 지배하는 행성이 분명히 있을 것이다. 그곳은 어디인가? 오늘은 아내의 천체 망원경으로 우주를 올려다보고 싶다. 별들은 언제나 빛나고 우주는 신비롭다.

헐크와 배트맨

1

30평 아파트의 거실에 집주인이 애지중지하는 헐크와 배트맨 피규어가 있다. 헐크는 우람한 근육과 쇠망치 같은 주먹을 들고 포효하고, 구름처럼 우렁차게 발을 디디고 있다. 배트맨은 멋진 의상을 걸치고 조용하게 아래를 응시하고 있다. 헐크가 정면을 바라보고 배트맨은 조금 아래를 내려다보고 있다. 자정이 되자 배트맨은 조용한 음성으로 말한다.

"헤이 헐크, 넌 여기서 뭐하고 있는 거야?"

"때려 부숴버리고 싶다. 때려 부숴버리고 싶다."

"도대체 무엇을 부숴버리고 싶다는 거냐?"

"한두 놈이 아니야. 이 도시에 사는 바퀴벌레와 같은 인간들을 모조리 밟아버리고 싶다."

배트맨은 조용히 미소 짓는다. 헐크가 배트맨에게 물었다.

"너는 도대체 그 어둠 속에서 뭘 생각하고 있는 거야?"

"나는 이 어둠이 무섭다. 지금 이 어둠 속에서 폭행과 살인이 벌어지고 있다."

"그래서 우리가 있는 것 아닌가. 그리고 너답지 않아. 어둠과 두려움이라니. 배트맨 너는 어둠 속을 날아오르는 박쥐인 줄 알았는데 말이야. 우리 같은 영웅에게 두려움이란 말은 어울리지 않는다."

"우리가 영웅일까?"

"사람들이 우리를 믿고 있으니까 말이야. 난 사람들의 분노로 태어난 영웅이란 말이야. 분노는 항상 영웅을 만들어 내니까."

"나는 사람들의 고독으로 만들어진 허상이야. 내가 무엇을 할 수 있다는 건 사람들이 그만큼 고독하다는 뜻이야. 고독은 무척 힘이 세단 말이야. 날카로운 일본도 같다고나 할까."

"그건 그렇고 오늘 밤도 무척 피곤할 것 같아."

"그렇군. 이 도시는 도대체가 잠을 잘 수가 없는 구조로 만들어졌단 말이야."

둘은 잠시 쳐다보다가 딴 곳을 바라본다.

"사람들은 범죄를 저지르는 순간에 자신의 영혼이 파괴된다는 사실을 모르고 있단 말이야."

"이제 시간이 되었군. 범죄자들이 움직이기 시작하는군."

"그렇군. 합정동 골목길에서 집단 폭행이 일어나고 있어. 강남 쪽에서는 마약 거래가 활발하군. 내가 갈까? 어, 가까운 곳에서 살인이 벌어지고 있어. 자, 가자."

헐크가 움직이려고 하자, 배트맨이 저지하고 날개를 펼치려고 했다. 그때 방문이 열리면서 중학생이 거실로 나왔다. 대화를 나누던 헐크와 배트맨은 다시 침묵한다. 녀석은 주위를 둘러보곤, 배트맨 피규어를 들고 자신의 방으로 들어갔다.

헐크는 배트맨이 사라지자 근육을 잔뜩 부풀려 도약하려고 했다. 그때 다시 중학생이 나와 헐크를 잡아 자신의 방으로 사라졌다. 성적 부진으로 우울증을 앓고 있던 중학생은 아빠가 소중하게 여기는 피규어를 톱과 칼을 이용해 조심스럽게 토막을 내고 있었다. 헐크는 당장이라도 주먹으로 녀석을 때려눕히고 싶었지만 아무것도 할 수가 없었다.

녀석이 미성년자이기 때문이다. 만약에 녀석이 성인이었으면 헐크는 당장에 큰 주먹으로 얼굴을 박살냈을 것이다. 배트맨 역시 마찬가지였다. 두 영웅은 중학생에게 꼼짝하지 못하고 당하고 말았다. 조각난 팔과 다리를 봉투에 담은 중학생 아들은 방구석에 피규어 조각을 던져 버리고 침대 속으로 기어들어갔다.

열린 비닐봉투 사이로 헐크의 팔과 배트맨의 머리가 툭 튀어 나왔다. 배트맨이 신음소리를 내면서 말했다.

"어이, 헐크. 정말 고독하군."

"헤이, 배트맨. 정말 미치겠다."

"저게 자라서 사람이 되려나."

"그걸 누가 알겠나. 분명한 건, 범죄자는 저런 식으로 자란다는 거지. 물론 인생에 한두 번의 기회는 있겠지만."

"세상이 왜 이렇게 된 거지."

"세상은 항상 그랬어. 그래서 우리가 필요한 게 아닌가. 이런 상처쯤이야."

두 영웅은 어둠 속에서 아무런 행동도 하지 못하고 그렇게 방치되어 있었다.

2

우리들의 영웅 헐크와 배트맨은 결국 쓰레기통 속으로 던져졌다. 구사일생으로 그들을 발견한 사람은 아파트에 근무하는 경비원이었다. 아파트 재활용품을 정리하던 날 한 소년이 버리고 간 플라스틱 조각들을 발견했다. 그는 재활용 비닐봉투에서 삐져나온 헐크의 팔을 들었는데, 옆에 있던 머리와 몸통을 연결해 보고는 조각들을 다시 비닐봉투에 담아 경비실로 옮겨 놓았다. 헐크를 보자 문득, 자신이 어려서 보았던 만화 영화의 캐릭터가 떠올랐기 때문이다.

그것은 〈요괴인간〉이라는 일본 만화영화에 등장한 '벰, 베라, 베로'라는 주인공 캐릭터였다. 문득, 아주 잊었다고 생각한 일본 만화 영화의 캐릭터를 피규어로 만들어 판다면 그달치의 월급을 털어서라도 사고 싶었다. 그 캐릭터들은 그에게는 추억 이상의 것이었다. 잃어버린 낙원 같다고나 할까. 그것을 생각나게 해 준 피규어 조각들, 헐크와 배트맨.

손재주가 있는 그는 경비실에 있는 접착제를 이용해 조각난 피규어를 퍼즐을 맞추듯이 다시 만들었다. 접착제로 이어진 부분들이 신경에 거슬리기는 했지만 혼자 두고 보기에는 괜찮아 보였다. 누가 조각을 냈는지는 몰라도 헐크의 얼굴도 머리를 날카로운 칼로 갈라놓았다.

그것을 이어서 붙이는데 괜히 마음이 아팠다. 헐크의 험상궂은 얼굴에 머리까지 조각이 나 재조립을 하자 괴물 프랑켄슈타인이 떠오르기도 했다. 헐크는 더 사나워 보였고, 배트맨은 더 외로워 보였다. 그 멋진 망토가 조각이 나서 누더기처럼 걸치고 있으니 말이다. 경비원은 자신의 손으로 재조립한 헐크와 배트맨을 보고 피노키오를 만든 제피토 할아버지처럼 중얼거렸다.

"아이고, 어쩌면 지금의 내 모습과 이토록 닮았을까."

그날 밤의 일이었다. 아파트 거실에서 딸의 친구인 여중생에게 수면제를 먹이고 교살하려는 사내의 손목을 배트맨이 잡았다.

"이 악마 같은 놈아!"

배트맨이 나타나 조용한 목소리로 범행을 저지하자 사내는 화들짝 놀랐다.

"아니, 이거 뭐야. 넌 뭐야?"

"나는 너 같은 인간에게 벌을 내리는 고독한 영웅이다."

배트맨은 사내의 목덜미를 잡아채서는 열린 창문 쪽으로 던져 버렸다. 그러자 덩치 때문에 아파트에 들어올 수 없었던 헐크가 녀석을 잡아 산속으로 휙 던져 버렸다. 그리고 사내가 소유하고 있던 여러 대의 외제차를 밟아 찌그러트려 재활용 쪽으로 내던져 버렸다. 배트맨은 헐크가 던져 버린 사내가 떨어져 박살이 나 있는 산속으로 날아가 녀석의 머리통을 툭툭 발로 차면서 말했다. 사내가 정신을 차리고 말했다.

"너, 너, 뭐냐. 누가 보냈어?"

"하늘이 보냈다. 너 같은 녀석은 죄가 너무 많아서 인간의 법으로는 다스릴 수가 없다."

"이런 겁대가리 없는 새끼가. 내가 누군지 알아?"

"넌, 죽어 마땅한 놈이다. 하지만, 너의 이야기를 들어 주마…"

그때 하늘에서 휙 날아온 헐크가 문신투성이의 사내를 밟아 흙 속에 매장시켜 버렸다. 배트맨이 말리려고 했지만 이미 때는 늦었다.

녀석이 매장된 산속에서 헐크는 아직도 분노가 풀리지 않았는지 근육이 팽창하고 있었다.

"이 친구야, 좀 참지 그랬어."

헐크는 해머와 같은 주먹으로 땅을 쿵 치면서 말했다.

"이젠 그만 참아. 참다 참다 세상이 이 모양이 된 거야. 찢어발기려다 참은 거야."

"그래도, 참아야지. 우리가 이러면 세상은 정말 엉망이 된다네. 저 녀석도 딸이 있지 않은가. 적어도 왜 그런 짓을 하는지 질문할 시간은 나에게 주고 행동하게. 인간은 복잡한 악마의 마음을 가지고 있어서 말이야. 그걸 알고 싶단 말이야. 그래야 이런 일이 또 일어나지 않을 것 아닌가."

"음, 그래. 자네는 그렇게 하게. 나는 내 방식대로 하지. 하지만 다음부터는 참고로 하지."

"그래, 이만 돌아가세. 다음부터는 내가 말리겠네. 이해해 주게나."

대화를 마친 두 영웅은 하늘로 날아올라 경비원의 책상으로 돌아왔다. 아파트의 가로등 불빛에 낙엽 몇 장이 떨어지는 것이 보였다.

만국의 늙은이여, 대동단결하라

오랜만에 찾은 탑골공원은 비 맞은 도시의 비둘기 모양이었다. 어딘지 모르게 사방이 축축해 보이고, 맑은 날씨임에도 곰팡이 냄새가 나는 지하 공간처럼 여겨지곤 한다. 거기에 노인들이 드문드문 자리를 잡고 있다. 젊은이들은 인사동으로 가기 위해 가로질러 지나가는 곳으로만 여기는 듯했다.

삼십 년 전이나 지금이나 여전히 노인들의 세상이었다. 젊은 한 시절 이곳 공원 옆에 있던 술집을 단골로 드나들었다. 그것이 벌써 삼십 년이 되었으니, 이제 나도 노인의 반열에 서서히 진입하고 있었다. 하지만 아직은 아니라고 생각한다. 아마 삼사 년 이후에나 늙은이임을 인정하게 될 것 같다. 아직은 장년의 세월이라고 여긴다. 그것도 초라하기는 마찬가지이지만.

왜 하필 여기에 노인들이 모이는지는 몰라도, 서울 한복판에 존재하는 노인 보호구역처럼 보였다. 미국의 아메리카 인디언 보호구역처럼 그곳은 21세기 초고속의 시대를 비껴나듯 정체되어 있었다. 공원 한편에 놓인 벤치에서 스마트폰의 사진 기능을 켜고 노인들의 모습을 멀리서 혹은 가까이에서 찍었다. 이곳을 소재로 다큐멘터리를 만들어 볼 생각을 하고 있었다. 노인들의 시선으로 카메라를 움직이기 위해서 일단 사전조사를 시작했다. 카메라의 눈을 늙어 허리가 휜 노인의 높이에 맞추고 그들의 삶을 담고, 필요한 인터뷰를 할 생각이었다. 사진을 찍으면서 나름 구상을 하고 있는데, 주위에서 수군거리는 소리가 났다.

"아이고, 저 영감 또 나왔네."

"그러게. 오늘도 무슨 연설을 하려고 그러나."

그날, 한 노인을 만났다. 주위의 반응으로 보아 그는 노인들 사이에서 제법 알려진 인물처럼 보였다. 노인의 차림새는 평범했다. 아니 단정하고 깔끔했다. 비록 낡았지만 단정하게 양복을 입고 넥타이에 셔츠까지 걸쳤다. 그는 비장한 표정으로 주위를 한 번 돌아보고는 공원의 한 구석에서 멈추었다. 강직한 결기 같은 것이 느껴졌다. 그는 공원 한쪽에 섰다. 그러고는 주머니에서 종이를 꺼냈다. 그리고 말하기 시작했다.

그는 마치 독립선언문을 읽듯이 격문을 낭독했다. 한 구석에

선 노인들이 수군덕거리며 키득거리기도 했고, 혀를 차는 사람도 있었다. 그 노인의 결기에 찬 모습을 나는 유심히 바라보았다. 스마트폰의 사진 기능을 비디오 기능으로 옮기고 그의 모습을 화면에 담았다.

오호, 통재라. 작금의 세월이 한탄스럽구나. 일모도원의 심경으로 다 허물어져 가는 세상의 언덕에 서서 이제 나 마지막 문장을 너희에게 알리니, 귀 있는 자 들으라. 어찌 세상이 이리 되었단 말인가. 이것은 종말의 전조가 아니던가. 하지만 그것은 석양처럼 황홀하지도 않고, 황무지에 뿌려진 먼지처럼 숨이 막히는구나. 이제 세상은 젊은이와 늙은이로 구분되었다. 가장 아름다웠던 늙은이와 젊은이의 혼혈이 사라지고, 서로 대립되는 날이 올 줄은 정말 꿈에도 몰랐다. 빈자와 부자랄지, 여자와 남자라는 대립구도까지는 이해가 되는 면이 있노라. 하지만, 젊은이와 늙은이가 서로 반목하고 증오하는 세상은, 하, 정말, 곤란한 지경이로다. 오늘 내가 선언하는 이 문장은 인류역사가 이제 그 종말을 맞고 있는 순간에 가장 중요한 문건이 될 것이로다. 세상에서 가장 쓸모 있었던 유대인 맑스라는 늙은이가 세계사의 한 획을 그은 것처럼 말이다.

늙은이들이여, 이제 대동단결할 때가 되었다. 저기 유럽에 숨어 있는 늙은이들이여, 동아시아의 현자들이여, 아프리카에서 사자를 사냥하는 늙은이들이여, 이제 숨어 있지만 말고 일어나 인류를 구원하라. 우리가 얼마 남지 않은 여생 동안 할 일이 바로 이것이다.

되돌아보면 역사라는 것은 결국 늙은이를 밀어내는 젊은이들의 광장이었다. 젊은이의 도전과 늙은이의 응전이었다. 무릇 예술에서의 모든 사조는 늙어지면 젊은 것들이 치고 들어오는 것 아니었던가. 고전주의를 밀어내는 낭만주의는 결국 늙음과 젊음의 대결이었다. 하지만 그 시절은 아름다웠다.

그것은 서로 스미고 겹쳐 또 다른 무늬를 만들어내는 과정이었으니. 아, 그립구나. 젊은이들이 전광석화와 같은 지식으로 무장하고 역사의 광장으로 나오면 우리는 골방으로 숨었다. 하지만 그 고독한 공간에서 우리는 젊은이들에게 자양분을 공급하지 않았던가. 무릇 생명이란 이렇게 이어져 오는 것이었는데, 작금의 시절에는 그 고리가 끊어지려고 하는구나. 이 탑골공원에서 저렴한 한 끼 식사에 만족하고 우리는 무엇을 바라본단 말인가. 저 팽팽한 젊은이들의 두 다리와 아름다운 몸이 활보하는 이 엄청난 세계의 거리에서 우리는 왜 쭈글쭈글한 육체의 굴레에 갇혀 이토록 초라하게 메말라 간단 말인가. 우리는 이제 무산계급의 변방에서 무산계급의 투쟁마저도 하지 못하는 지경에 이르러 버렸다.

노인들 사이를 지나가던 몇몇 젊은이들이 멈춰 서서 그의 모습을 물끄러미 바라보고 있었다. 아무도 그의 말을 귀담아 듣지 않았지만, 나는 그의 말에 흥미를 느꼈다. 아마도 이곳에서 낭독되었던 기미년 독립 선언과 맑스의 공산당 선언에서 영감을 받아 늙은이들의 메타포를 전하고 싶은 모양이었다. 말씨는 단정했고, 태극기를 손에 들고 횡설수설하는 얼치기 정치인들의 연설보다는 더 진정성이 느껴졌다. 나는 조금 더 가까운 자리로 옮겨 영상을 담기 시작했다. 그의 얼굴에 새겨진 주름과 지나온 세월의 흔적인 그을린 피부와 검버섯이 입술 주위를 따라 가볍게 떨리기 시작했다. 그는 우렁찬 목소리로 연설을 계속하고 있었다.

아아, 생각나노라. 우리 근대의 여명을 밝혔던 젊은이 안중근 장군이 제국주의 망령이었던 늙은이 이토 히로부미를 사살하던 하얼빈의 그 장엄한 역사가 생각나노라. 그 시절에 젊은이가 저격한 늙은이는 아름답게 사라졌도다. 하지만 그 젊은이가 보았던 늙은이들의 저녁은 시대의 정신이었노라. 임시정부라는 젊은이는 식민지라는 늙은이와 대항하는 정신과 연결되었으니. 그 젊은이들을 키우고 젖을 먹인 늙은이가 엄연히 존재했고, 그 시절의 젊은이는 눈 밝은 늙은이의 팔과 다리가 되었노라. 그래서 우리는 역사의 무거운 수레바퀴를 밀고 끌어 여기까지 왔노라.

생각해 보라. 젊은이들이 의지하는 것은 늙은이들의 사상이었고, 지혜였으며, 경험이었다. 늙은이는 거인이었으며, 젊은이는 거인의 등에 올라타고 세상을 바라보았다. 하지만 이제 그 거인은 쓰러져 버렸노라. 오호, 통재라. 이런 기막힌 일이 어디 있단 말인가.

지금 늙은이들은 몇 푼의 푼돈을 손에 쥐고 비둘기처럼 모여 가여운 허기를 메운다. 그 푼돈을 뜯어 먹기 위해 조금 덜 늙은 할멈들이 치마를 벗고, 병들고 약한 핏줄에는 술기운만 돌아간다. 비록 육체는 늙었어도 젊은이들에게 선망이 되었던 늙은이들의 정신은 어디로 가버렸단 말인가.

여기저기에서 늙은이를 조롱하는 늙은이들의 소리가 들렸다. 박카스를 팔러 다니던 아주머니들이 '저놈의 늙은이가 미쳤나'라면서 자리를 옮기고 있었다. 심지어 '야, 미친 노인네야. 그만하란 말이야. 저 새끼 빨갱이 아니야'라는 고함소리가 터져 나오기도 했다. 하지만 그는 마치 독립군처럼, 아니 지하의 서재에서 걸어 나온 철학자처럼 좌중을 노려보고 연설을 계속했다.

오냐, 이 오만한 군중들아. 너희들은 나를 죽일 수도 있을 것이다.

그때 공원의 한쪽에서 가스펠 송이 흘러나오면서 태극기와 성조기를 든 보수 기독교 단체에서 나온 중년 무용수의 춤 공연이 시작되었다. 태극기를 들고 지나가는 늙은이들 쪽으로 관중들은 움직이고 있었다. 무용수의 춤사위가 이상하게 선정적으로 보였다. 붉은 색 한복을 차려 입은 무용수는 살짝살짝 속살을 보여주며 늙은이들을 유혹했다. 마이크를 든 군복 입은 늙은이가 대통령을 구하자면서 욕설에 가까운 정치 비방을 쏟아내고 있었다. 마이크도 없이 육성으로 고함치며 연설을 하던 노인은 잠시 연설을 멈추었다. 나는 그에게 다가가 말했다.

"연설을 계속하시지요, 어르신."

"자네는 누구인가?"

그가 나를 바라보면서 말했다.

"저는 지나가는 사람인데 연설이 감동적입니다."

"허허, 그런가. 그래, 단 한 사람이라도 듣는 사람이 있다면 해야지."

그는 고개를 끄덕이면서 다시 자리에 섰다. 작은 연단이라도 만들어주고 싶었다. 항일저항기에 우리 독립운동가들도 아마 이런 자리에서 이렇게 자신의 주장을 펼치지 않았을까 싶은 생각이 들었다. 이미 사람들은 모조리 무용수가 춤을 추는 쪽으로 돌아섰다. 그는 저고리를 벗었다. 늙은이들의 눈이 충혈되었다. 하지만 나의 연사는 연설을 계속했다.

만국의 늙은이여, 대동단결하라. 어서 다시 일어나라. 말라붙은 팔다리를 흔들어 피가 돌게 하라. 너의 손으로 젊은이들의 손을 잡아라. 경화증에 걸린 그 딱딱한 마음에 피가 돌게 하라. 너희들은 어쩌자고 지금 그 자리에 서 있는가? 어쩌자고 패악을 두둔하고…

하지만 그의 연설을 계속되지 못했다. 집회의 군중 하나가 그의 말을 어떻게 알아듣고 늙은이의 멱살을 쥐고 흔들었다. 그러자 늙은이들이 몰려들어 노인의 얼굴을 가격하고 집단폭행을 가했다. 나는 그들을 말리려고 했으나 '이 새끼도 같은 편이다' 하는 소리와 함께 둔탁한 주먹세례를 받아야 했다.

노인은 쓰러진 채로 무엇인가를 중얼거렸다. 그것은 마치 방언처럼 알아들을 수 없는 소리였다. 그것은 울음소리 같기도 했고, 죽어가는 짐승의 마지막 단말마 같기도 했다. 경찰의 제지가 없었으면 나는 늙어 보지도 못하고 황천길을 걸어갈 뻔했다. 우리 둘은 나란히 병원의 응급실에 실려 가고 있었다. 노인은 계속 중얼거리고 있었다.

'만국의 늙은이여, 대동단결하라! 대동단결하라!'

나만 생각해야겠다

벌레를 보고 놀라는 소녀처럼, 인생의 어느 날 번개가 떨어진 것처럼, 깜짝 놀라는 순간이 있다. 정형외과 의사 케이는 항상 친절하고 다정한 모습으로 진료실에 있었다. 환자들 사이에서 좋은 의사로 소문이 나서인지 병원 대기실은 항상 사람들로 북적였다. 식당 일을 하는 그녀는 손목에 통증을 느껴 병원을 찾았다.

통증은 고통이지만 삶을 견디게 해주는 자극이기도 했다. 그녀는 통증을 묵묵히 받아들이면서 오늘도 하루를 살기 위해 발걸음을 재촉한다. 빗방울이 떨어지기 시작한다. 다행히 병원 입구에 도착하니 비가 내린다. 하늘이 고맙게 여겨진다. 하지만, 비가 내리는 풍경은 오늘 그리 아름답지 않다. 내 몸이 아프면 세상이 비틀려 보이기 마련인 것일까.

의사는 그녀를 비롯해서 그녀의 남편과 딸까지도 진료를 해 주었다. 그녀는 같이 일하는 동료가 인대가 파열되어 고통을 받았다는 이야기를 듣고, 혹시 나도 하는 마음에 진료실에 들어갔다. 의사는 몇 가지 질문을 하고, 엑스레이 촬영을 한 필름을 보고 환자에게 그리 염려할 필요는 없다는 말을 했다. 다만 환자가 일자목이고 목 디스크 조짐이 보이니 조심해야 한다는 말도 역시 친절하게 했다. 종합병원 같았으면 단박에 MRI 촬영을 하라고 했을 텐데, 역시 신뢰하는 개인 병원 의사의 진단 결과는 그녀를 안심시켰다. 그런데 진료를 마친 의사가 조금은 엉뚱한 말을 했다.

"제가 말이지요. 얼마 전에 일 년 시한부 삶 판정을 받았어요."

그녀는 깜짝 놀랐다. 그러자 의사가 웃으면서 말했다.

"그런데 그게 오진이었어요."

"아이고, 다행이네요."

"그러게 말입니다. 그런데 그때 시한부 판정을 받고 망연자실하다가 오진임을 알게 되자 떠오르는 생각이 있더군요."

"그게 뭔데요?"

"이젠 나만 생각해야겠다."

아주 잠시 침묵이 지나간다. 그녀가 지나가는 말처럼 말했다.

"아, 그렇군요."

의사는 진료실의 모니터에 깜빡거리는 커서를 의미 없이 이동시키면서 말했다.

"그 후로 여러 가지 생각을 했어요. 금요일이면 복권을 사서 주머니에 넣고 만지작거리기도 하고, 이제부터 나를 위해서 뭐를 할까 생각하기도 하면서 말이지요."

그녀는 오랜만에 병원의 진료실에서 통증이 치료되는 느낌을 받았다. 이것이 심리적인 치료인가. 그녀는 묘한 생각이 들었다. 타인의 고통이 나를 위로할 수 있는 것일까. 인간이란 결국 그런 존재인가. 간단한 대화를 마치고 그녀는 진료실을 나왔고, 의사는 다음 환자를 맞았다. 이제 오십 대의 중년 의사는 명문 대학 의대를 나와 정형외과 개업의로 성공한 케이스다. 의사라는 직업의 속성은 환자를 돌보는 남을 위한 삶이다. 그는 성실하게 그 일을 해왔다. 그런데 갑작스럽게 다가온 죽음의 손길이 벌레를 보고 놀란 소녀처럼, 그를 놀라게 했다.

나만 생각해야겠다고 의사는 생각했지만 지금도 여전히 진료실에서 타인을 생각하면서 살고 있다. 나만 생각하고 사는 삶이란 무엇일까. 나에게 충실하고, 내가 즐겁고, 내가 느끼고, 내가 잘살고 싶다는 말이기도 하다. 그럼, 나는 무엇일까? 타인이 없는 나는 무엇이란 말인가. 내가 고통스러운 것은 가족의 생계 때문이 아닌가. 의사 역시 마찬가지다. 의사의 입장에서 보면 나는 환자일 따름이다. 하지만 의사가 잠깐이나마 자신의 삶을 돌아보면서 새삼스럽게 발견한 다른 나가 있는 모양이다. 그게 뭘까? 그건 아마도 의사라는 직업인이 아닌, 자유인으로서 나가 아닐까 싶다. 아니면 다른 뭐가 있을까?

명문 의대 출신인 의사가 자신의 행로에서 일탈하는 자유인을 꿈꾸고 있는 병원 진료실을 오늘도 많은 환자들이 고통을 호소하면서 찾아온다. 하지만 의사인 그는 누구에게 고통을 호소할 수가 없었다. 그는 환자들의 환부를 다루기에도 하루가 부족하기 때문이다. 그런 그가 통증을 느껴 병원을 찾았고, 일 년간의 시한부 인생이라는 판정을 받았을 때의 심경을 짐작하기는 그리 어렵지 않다. 생활고에서 벗어나기 위해 일하지만 항상 생활고에 시달리는 환자인 그녀는 동병상련의 통증을 느꼈다. 의사나 나나 나만을 위해 사는 건 아니라는 생각이 들었다.

그럼 어떻게 사는 것이 나만을 생각하면서 사는 것일까. 그게 가능할까? 그녀도 생각했다. 지금은 이 팔목 통증에서 벗어나고 싶다, 이 통증에서 벗어난 다음에 뭐든 생각해야겠다고. 이 통증처럼 나를 확실하게 보여주는 것은 아직 없었다. 고통이란 그런 것이다. 그게 지금의 나다. 그래 어쩔 수 없다.

느낌이 온다

심야의 편의점은 신비로운 곳이다. 입춘 날 자정 즈음이었다. 봄이 온다고는 해도 아직은 꽃샘추위가 극성이다. 하지만 봄이 온다는 느낌은 왔다. 담배 한 갑과 맥주 두 캔을 사기 위해 편의점 문을 열자, '아, 느낌이 와'라고 외치는 두 젊은이가 보였다. '어서 오세요'라는 직원의 말 대신에. 그들은 컵라면을 옆에 놓고 간이 테이블에서 동전을 들고 있었다. 그 동전은 기차처럼 줄줄이 이어진 즉석복권을 긁기 위한 도구였다.

'동전과 즉석복권이라, 참 어울리는 환상적인 커플이군.'

그들 곁을 지나갔다. 바로 맞은편 계산대에서는 아르바이트 직원인 중년 여인이 역시 즉석복권을 긁고 있었다. 그들은 어떤 느낌에 홀린 듯이 바닥을 북북 긁고 있었다. 바닥을 치고 올라오는 사람들의 안간힘이 느껴졌다. 일확천금의 환상은 잔인한 현실에 대한 보상이 될 수 없다. 하지만 그들의 마음은 그 현실에서 잠시 벗어나기 위한 몸부림으로 애잔하게 보인다. 지나친 감상일까? 잠깐, 그 풍경이 고흐의 수채화처럼 보였다. 어둡고 짙은 색으로 채색된 이 도시의 수채화.

편의점 앞 테라스 간이 의자에 앉아 가로등이 밝히는 길을 우두커니 바라보고 있었다. 잠시 후, 젊은이들이 투덜거리면서 어두운 골목길로 사라졌다. 안을 들여다보니 편의점 직원 역시 멍하니 계산대에 앉아 있었다. 집으로 돌아와 고흐의 화첩을 펼쳐 넘기다가 밑줄을 그어 놓은 글을 찾았다.

고흐가 1882년 10월에 쓴 편지이다. 큰 화폭에 복권을 사는 사람들의 모습을 수채화로 그렸다고 했다. 그때의 심경을 고흐는 자세히 편지에 적었다. 그들을 그리는 동안에 그들의 존재가 처음보다 훨씬 크고 깊은 의미를 지니게 되었다고 했다. 그들을 눈으로 보는 것과 그리는 것은 완전히 다른 일이었다. 그것이 그림의 힘이다.

피를 철철 흘리는 도살된 소를 보는 일은 불쾌하지만, 그것을 잘 그린 그림은 아름답다. 예술은 일종의 마술이다. 그림은 누추하고 힘든 현실을 별처럼 아름답게 만든다. 그는 동생에게 보내는 편지에서 복권에 대해 이렇게 적었다.

"복권에 대한 호기심과 환상은 유치한 것으로 보이지만, 가난한 사람들이 빈곤에 저항하며 이 비참한 처지를 잊기 위한 노력에서 복권을 산다고 생각하면 이것 역시 진정성을 획득하게 된다."

다음날 아침, 나는 다시 담배를 사기 위해 편의점을 찾아갔다. 소설 원고를 탈고하기 위해 밤새워 글을 쓰면서 담배 한 갑을 다 피워버렸다. 목구멍에 연기가 가득 찬 것 같고, 온몸이 무너질 듯이 피곤했다. 편의점 문을 열고 들어가자 아침에 항상 자리를 지키고 있는 깔끔한 안경을 낀 여자가 보였다. 그녀는 책을 읽고 있었다. 손님이 없을 때는 항상 책을 보고 있었다. 나는 그녀가 읽는 책의 제목을 잠시 살펴보았다. 《법의 정신》이라는 전문서적이다. 누가 쓴 것인지는 모르겠다. 그녀는 시험 준비를 하는 것 같다.

나는 5천 원짜리 지폐를 내고, 사천 오백 원으로 담배 한 갑을 사고, 나머지는 5백 원짜리 복권을 달라고 했다. 그리고 어제 그 청년들이 복권을 긁었던 그 자리에 가서 복권을 긁었다. 오! 5천 원에 당첨되었다. 그녀가 말했다.

"아! 깜짝 놀랐어요."

"그러게요. 이런 행운이 나에게 오다니."

"오천 원인데 어떻게 드릴까요."

"그럼… 다시 담배 한 갑하고 복권으로 주세요."

“예, 담배 한 갑이 공짜로 생겼네요.”

“그러게요. 정말 복권이네.”

그녀와 나는 조심스럽게 웃었다. 이번에는 집에 와서 조심스럽게 복권을 긁었다. 혹시 1등이면 2억 원의 당첨금을 타게 된다. 이런 기대감은 사람을 긴장하게 만든다. 순간적이지만 빈곤에서 벗어나고자 하는 진정성을 획득하는 것이다. 세상에 이보다 더 진지한 일이 어디 있는가. 동전을 쥔 손에 힘을 주고 껍질을 벗긴다. 뭔가 느낌이 오는 것 같았다. 나도 모르게 ‘이거 느낌이 오는데’라고 중얼거리면서, 타짜가 화투 패를 까듯이 조심스럽게 한 칸 한 칸 긁었다. 와, 이 느낌 정말 죽인다. 내가 살아 있는 것 같다. 극도의 긴장감이 온몸을 감돈다.

세상 모든 일이 그러한 것처럼 그 느낌은 금방 사라졌다. 이번에는 꽝이다. 두 번의 행운은 없는 것일까. 복권에 희망을 건 그 모든 비밀이 만천하에 드러났다. 판사가 형량을 선고하는 것처럼, 내 책상 위의 재판은 집행유예로 끝이 났다. 참 허무하게 맞아 떨어지는 예감이다. 이런 예감은 항상 다가온다. 뭔가 될 것 같은데 실패하는 그런 나날들이 길고도 길다. 일도, 연애도, 성공도 그 비밀스러운 공간은 확인을 하면 텅 빈 공간이었다. 반복되는 느낌으로 우리는 산다. 하지만 항상 이런 말을 하곤 한다. ‘느낌은 무슨 느낌. 그건 바람일 따름이다.’

이쑤시개

경기도 교외에 있는 식당에서 있었던 일이다. 식당은 작은 오두막처럼 보였다. 유럽의 건축물에 익숙한 우리들의 눈에는 초가집이나 오두막이 난쟁이처럼 보인다. 하지만 막상 안으로 들어가면 작은 공간이 주는 안락함이 있다. 발을 디디는 순간은 누추해서 기분이 별로지만, 막상 앉으면 편안함을 느낀다고나 할까. 사람의 마음처럼 건물도 내부로 들어가 바닥에 앉아 봐야 느낌이 온다.

식사를 마치고 밖으로 나오니 쑥이 돋아나오는 마당엔 봄볕이 완연하다. 마당에 쪼그리고 앉아 가만히 쑥을 들여다보니, 고놈이 참 작다. 작은 풀이 향기를 품고 온 봄을 끌어당기고 있었다. 일어나 주머니에 손을 넣으니 뭔가 손가락을 찌르는 것이 있다. 이게 뭐지 싶었다. 이쑤시개다. 그래, 며칠 전 점심시간에 바로 이 식당에서 선배님에게서 받은 거구나…. 나는 이쑤시개를 만지작거리면서 생각에 잠긴다.

오찬을 하고 나서, 선배는 주머니에서 이쑤시개를 꺼내면서 말했다.

"이거 필요하신가? 이제 난 이게 없으면 안된단 말이야."

나는 웃으면서 괜찮다고 말은 했지만, 그가 건네주는 이쑤시개는 주머니에 넣었다.

"그래, 아직 젊으니까."

팔순에 가까운 대선배가 보기에 이제 오십 대인 내가 젊어 보이는 모양이다. 우리가 알고 지낸 지도 삼십 년이 넘는구나 싶었다. 선배는 오십 대에 사업을 시작해서 제법 큰 규모의 사업체를 운영하고 있었다. 그때가 엊그제 같은데 지나고 나니 쑥이 돋아오는 마당에 아지랑이처럼 멀게 느껴진다. 그때는 얼마나 먼 시절인가. 선배는 이쑤시개 이야기를 이어나갔다.

"우리 집안에 어르신이 돌아가셨는데 말이야. 유품을 정리하다가 주머니 여기저기에서 이쑤시개를 발견했단 말이야. 나도 그땐 그 작은 물건의 의미를 몰랐어요. 그런데 이젠 조금 알겠어. 늙어서 잇몸이 들떠 벌어진 치아 사이에 이 작은 것들이 얼마나 필요한지 말이야. 참 작은 것들이 크게 필요하단 말이야. 삶이라는 게 항상 그래요."

"그렇군요. 정말 그건 그래요."

"큰 목표, 큰 인생, 큰 성공에 우리는 시달리고 있지만, 물론 그게 중요하지만…, 결국 되돌아보면 아주 작은 것들이 나의 곁에 있었고, 그것 때문에 살았어."

"그래도 선배님은 큰일을 많이 하셨지요, 여러 가지로."

"아이고, 아니요. 겨우겨우 살았지요. 몇 번 운이 좋아서 조금 재산도 모았고, 사람들 사이에서 허명을 얻고 잘 살았지."

선배는 하대와 존대를 적당히 섞어 말씀을 하신다. 그 모습도 참 좋다. 겸손하게 후배를 대우하고, 선배의 경륜을 이야기한다. 오찬 자리에 동석했던 정년퇴임을 한 유명 대학교수와 장관을 지낸 명사도 고개를 끄덕였다. 대선배는 우리 사회의 명사라고 할 만한 분이었다. 어려서부터 양반 집안의 장손으로 신발에 흙이 묻지 않는 시절을 보냈다. 하인들이 종손을 업어서 다녔기 때문이다. 이제는 사라진 우리 전통 사회의 귀족 족보라고나 할까. 그래서인지 늙어서도 기품이 넘친다.

점심을 마치고 선배는 출판과 관련된 일을 상의하기 위해 나와 따로 만나 차를 마셨다. 업무와 관련된 일은 금방 끝났다. 선배는 원고와 관련된 몇 가지 부탁을 했고 나는 쉽게 수락했다. 차가 다 식어갈 무렵 선배가 말했다.

"어린 시절에는 동네 아이들이 나를 무척 부러워했어. 끼니도 어려운 시절이었는데 고대광실로 들어가는 내가 부러웠겠지. 하지만 난 무척 괴로웠어. 반듯하게 앉지 않는다고 혼이 났고, 옷매무새가 틀어져도 혼이 났지. 책 안 본다고 혼나고. 어른들이 무서웠어. 그래 동네 아이들이 얼마나 부러웠는지 몰라. 그런 생각들이 자꾸 나는 걸 보니 이제 여생이 얼마 안 남은 것 같아. 내가 이룬 뭐 업적이라면 업적도 있겠지만, 이젠 그것보다는 작은 아이들의 코 묻은 얼굴이 자꾸 생각나. 그때 좀 더 아이들과 친하게 지낼 걸. 그 작은 것들이 얼마나 배가 고팠을까 생각하니까 말이야. 내 주위에는 배고픈 사람들이 참 많았어. 지금은 되돌아 갈 수가 없는 시절이지. 이젠 갈 수 없는 곳이 생각나곤 해요. 얼마 전까지만 해도 가야 할 길을 내다보곤 했는데 말이지요. 때가 되었나 싶기도 하고, 허허."

새순처럼 돋아 오르는 쑥을 만지작거리면서 나는 주머니에서 이쑤시개를 꺼내 치아 사이를 살살 긁었다. 치아 사이에서 음식물 찌꺼기가 나오는 느낌이 들면서 시원하다. 조금 더 세게 문질러 본다. 따끔하더니 피가 배어나온다. 이쑤시개가 잇몸을 건드린 모양이다.

잇몸에 밴 피를 손가락으로 문질러 닦아낸다. 이쑤시개를 마당에 꽂고 일어나 가만히 들여다본다. 이쑤시개 하나가 쑥 사이에서 자라난 아름드리 거목과 같이 보였다. 저 작은 것이 참 많은 생각을 하게 한다. 그날 나눈 이야기 중에 계속 내 머릿속을 맴도는 말이 있었다. 이런저런 이야기를 나누다가 먼저 세상을 떠난 지인들의 이야기가 나왔다. 서로 알고 지내는 사이였던 한 시인의 이야기를 하면서 선배는 '참 다정하고 착했던' 그가 보고 싶다면서 이런 말을 했다.

"그런데 말이요… 그에게 갈 길이 없네. 갈 길이 없어."

누군가에게 갈 길이 있다는 것은 참으로 행복한 일이다. 분단국가에 살아서인지 우리는 앞에 두고도 갈 길이 없어 못 가는 경험을 뼈저리게 한다. 하지만 삶의 모든 과정을 끝내고 우리가 알 수 없는 곳으로, 혹은 무로 사라진 그들에게 갈 길은 정말 없는 것일까. 그래, 그 길이 세상 어디에 있겠는가. 나는 이쑤시개를 바라보았다. 뾰족한 것이 내 마음을 콕 찌른다.

민들레 씨앗

눈이 내리는 줄 알았다. 봄바람을 타고 날아온 민들레 씨앗들이 눈처럼 하늘에 둥둥 떠다닌다. 바람이 불자 눈에 보이지 않는 무엇인가가 저 씨앗과 함께 날아가려고 하고 있다. 신록의 나무들을 배경으로 씨앗들이 저토록 날아다니다가 일 년 뒤에 다시 이 자리에서 꽃으로 피어날 것이다. 이미 민들레들은 다 져버렸다. 아침에 해가 뜨고 저녁에 해가 지는 일상처럼 꽃이 피고 지는 일도 참으로 오랫동안 반복되는 일들이다. 이젠 별 볼 일도, 남다른 의미도 없다. 단, 뭐든 참 짧게 지나간다는 사실을 알려줄 뿐이다. 한 시절 그토록 가까웠던 사람들도 그렇다. 민들레 씨앗처럼 어느 순간에 다 날아가 버린다.

카페의 테라스에 마주 앉은 우리는 오랜만에 우연히 만났다. 김선배는 그냥 스쳐 지나가듯 만나는 사람이 아니라 한 시절 같이 술 마시고 노래하던 사이였지만, 그게 벌써 십 년은 더 지나간 것 같았다. 김선배는 카페 위층에 있는 출판사에 원고를 건네주고 나는 그 건너편에 있는 출판사에 원고 교정을 보러 왔다가 만났다. 점심을 마치고 차를 마시러 카페에 들렀다가 발견한 것이다.

서로 악수를 나누고 우리 둘은 잠시 서로 딴생각을 한 것 같다. 그러다가 문득, 김선배와 각별하게 친했던 정선배의 일이 생각났다. 그래…, 우리가 마지막으로 만났던 곳은 정선배의 중학생 아들이 지하철 정거장에서 떨어져 목숨을 잃은 안타까운 장례식장에서였다. 그동안 많은 장례식장을 다녀 봤지만 그때처럼 비참한 기분은 처음이었다.

"정선배는 잘 지내시나요?"

내 물음에 김선배는 그저 희미하게 웃는다. 그 웃음의 의미가 무엇인지 가늠하기 힘들었다. 혹시 나쁜 일이라도 있나 싶었다. 오랜만에 타인의 안부를 묻는다는 것은 간혹 두려운 일이기도 하다. 그 사이에 내가 모르는 흉사를 들춰내 괜히 마음이 상한 것은 아닌지 모르기 때문이다. 하지만 김선배는 말했다.

"강철 같은 사람이지요. 참척의 변을 겪고 나서도 모질고 힘든 세상과 싸우면서 열심히 살고 있어."

그의 대답에 한숨을 돌렸다. 그랬다. 용광로에서 빠져나와 담금질을 견딘 강철 같은 사람들이다. 그 어려운 시절에 모두들 정말 열심히 살았는데 이제는 카페의 통유리를 향해 날아드는 저 민들레 씨앗처럼 가볍고 가벼운 삶이 허공에 떠다는 것 같다. 정말 반가웠지만 마음과는 달리 우리는 그저 어색하게 몇 마디를 나누고, 서로 알고 있지만 전화를 하지 않았던, 전화번호를 다시 확인하고 헤어졌다. '전화번호는 그대로지?'라는 말을 서로 했다. 전화번호만 그대로가 아니다. 뭐 하나 변화 발전이 없다. '이건 죽어가는 거지, 살아가는 게 아니다'라는 생각이 든다. 내 몸이 가벼워진다. 멀리서 날아온 민들레 씨앗이 잠시 내 앞으로 떨어진 느낌이 들었다.

원고 교정지를 보다가 다시 건물에서 내려와 잠시 걸었다. 출판단지를 한 바퀴 돌고 나서 다시 돌아왔을 때, 출판사 건물의 마당 귀퉁이에 피어 있는 민들레에서 씨앗들이 가볍게 불어오는 바람에 하늘로 날아 올라가는 것을 보았다. 잠시 쪼그려 앉아서 꽃이 진 민들레를 한동안 바라보기만 했다.

그것들이 어디로 날아가는 것인지는 알 수 없지만, 분명히 내년이 되면 떨어진 곳에서 피어오를 것이다. 올 봄에도 사람들은 참으로 다양한 씨앗들을 허공으로 날려 보고 있는 것이다. 새 대통령의 공약에 희망을 걸고 이제는 이루어질 것이라는 믿음이 씨앗 같은 것이기를 잠시 기원했다. 그 말들이 땅에 떨어져 꽃이 피어나는 결실이 이루어지기를.

그리고 이제는 연락을 잘 하지 않는 사람들의 안부를 생각했다. 왜 우리는 이토록 연락을 못하고 사는 것일까. 가만히 생각해 보니 중년의 나이를 넘기며 청년 시절의 열정이 사라져 버린 것이 아닐까. 나이든 남자들은 특별한 일이 없으면 만날 일이 없는 것이다.

그래, 적어도 일 년에 한두 번은 한 시절 다정했던 사람들의 안부를 물어보는 것이 어떨까. 내가 먼저 전화를 걸어 확인해 보는 것이다. 굳이 만나서 밥을 먹거나 차를 마시지 않더라도, 별로 할 말은 없더라도 말이다. 이런 생각을 하다가도 '그래서 뭐가?'라는 의문이 든다. 허허, 그것 참.

민들레 씨앗들이 하늘에 둥둥 떠다니는 오월의 어느 날, 새삼스럽게 선물처럼 만난 옛 친구와의 몇 마디 대화는 앞으로 사는 동안에 그리 자주 일어날 일은 아닐 것이다. 하지만 나는 알고 있다. 지금 이 순간에 수없이 많은 평범한 사람들의 가슴에는 온 천지에 가득한 민들레 씨앗보다 더 많은 바람과 희망의 생각이 날리고 있다는 것을 말이다. 그 중에 단 한 가지라도 올 봄이 가기 전에 이루어졌으면 좋겠다. 우리들의 삶을 견디게 해주는 희망과 용기의 씨앗은 정말 작지만, 그것보다 큰 생명은 지상에 없다. 조금 더 견뎌 보자. 어딘가로 날아간다면 떨어지는 곳도 있겠지. 그곳이 설령 지옥일지라도. 살아갈 수만 있다면 살아가는 게 사는 거다.

도끼와 토끼

다세대 주택 지하층에 입주한 사내는 키가 작았고 팔이 길었다. 특히 밤중에 가로등이 밝히고 있는 골목길을 팔을 흔들면서 걸어오는 모습을 보면 오랑우탄이 원시림에서 빠져나와 다가오는 것처럼 보이기도 했다. 나는 그의 걸음걸이를 볼 적마다 노틀담의 꼽추를 생각하곤 했다. 육체노동으로 다져진 듯한 튼튼한 어깨와 웃을 때 환하게 보이는 큰 치아가 짐승처럼 보이는 것이었다. 상체가 길고 하체가 짧은데 매우 강인해 보였다. 계단이 가파른 지하에 무거운 물건을 대수롭지 않게 옮겨 버린다. 그리고 눈빛이 예사롭지 않았다. 그가 걸어오는 모습을 보고 있으면 뭔가를 몰고 오는 느낌이 든다. 그리고 그가 내 앞을 지나가자 이상한 냄새가 났다. 향기가 아니라 밀폐된 지하실에서 나는 악취에 가까운 그런 냄새가 나는 것이었다.

그는 방치된 지하 창고를 개조해서 도배에 관련된 물품들을 보관하고 판매한다고 했다. 건물주 할머니는 서울의 아파트에 거주하고 있었다. 얼마 전에 건물을 관리하던 할아버지가 심근경색으로 길거리에서 쓰러져 사망했다는 이야기를 들었다. 그는 시세보다 싼 가격에 임대를 했고, 주인 할머니를 대신해서 주택 관리까지도 도맡아 하고 있었다.

그가 이사를 오고 나서 이상한 일이 하나 생겼다. 지하에서 악취가 풍기기 시작한 것이었다. 2층에 사는 남자가 먼저 문제를 제기했다.

“도대체 저 지하에서 뭘 하기에 악취가 나는 거지요?”

“그러게요. 주로 밤에 왔다 가던데 정체가 뭔지 궁금하기도 하고 말이지요.”

“안되겠어요. 주인 할머니에게 전화해야 되겠어요.”

“그러게요.”

2층 사내는 그 사람의 눈빛도 좀 이상하다고 했다. 악취에 대한 소문은 흉흉하게 퍼졌다. 공포영화에 나오는 주인공처럼 그가 사체를 지하에 보관하고 있다는 생각마저 들었다. 물론 그런 이야기를 경솔하게 꺼낼 수는 없는 일이었다.

그 악취 때문인지 나 역시 그에게 경계심을 갖게 되었다. 어느 날 밤, 골목길 가로등 아래에서 담배를 피우고 있는데, 그가 휘청거리는 걸음걸이로 걸어오고 있었다. 머리카락을 손으로 쓸어내리면서 가로등 불빛에 그림자처럼 다가오는 그를 발견했다. 그는 고개를 좌우로 흔들면서 오른손에 도끼를 들고 있었다. 시간을 보니 새벽 한 시. 아니 새벽 한 시에 도끼를 들고 지하로 들어가는 저 사람의 정체는 뭐란 말인가? 그는 건물 입구에서 담배를 피우는 나를 발견하고는 특유의 어눌한 목소리로 물었다.

"혹시, 전화하셨어요?"

"예?"

나는 담배를 피우다 말고 마른침을 꿀떡 삼켰다.

"주인 할머니에게서 전화가 왔는데 말이지요. 지하실에서 악취가 난다고 여기 사는 분이 말을 했다고 하네요. 정말 악취가 심하게 나나요?"

"그게…, 냄새가 좀 나긴 하잖아요."

"아, 그래요."

"지하에서 뭘 하시는지요?"

그는 도끼를 손에 들고는 나를 보고 히죽 웃었다. 마치 가면을 쓴 얼굴 같았다. 심야에 도끼를 든 난쟁이와 같은 사내, 그보다 키가 두 배는 큰 내가 주눅이 들었다. 그는 고개를 갸웃하면서 지하로 발걸음을 옮기면서 말했다.

"내려와서 한번 보실래요?"

"예? 아, 그게 제가 뭘…"

내가 주저하자, 그는 나의 손을 잡아끌었다.

"아니유, 한번 보세유."

그는 사투리를 섞어 쓰면서 지하실 문을 열었다. 문을 열자 코를 막을 정도로 심한 악취가 풍겼다. 혹시 사체라도… 나는 핸드폰을 한 손에 들고 긴급전화 버튼을 누를 준비를 했다. 그가 공격을 해온다면 우선 몸을 잡고 쓰러트린 다음에 제압하자. 그리고 절대 등을 보이지 말자. 갑자기 휙 돌아서 머리를 찍을 수도 있으니 한 손을 조금 들고 방어태세를 취하고 그의 뒤를 따랐다. 생각은 그렇게 했지만 막상 다리는 공포감으로 후들거렸다.

지하에 들어서자마자 나는 깜짝 놀라고 말았다. 거기에는 토끼 세 마리가 토끼장에 갇혀 있었다. 악취의 진원지는 토끼와 토끼 배설물이었다. 그는 도끼를 들고 토끼장의 나무 부분을 조금씩 치면서 뜯어내고 있었다.

"이놈들을 어디에다 분양을 해야 할 텐데."

"아, 여기에서 토끼를 키우니까 냄새가 나지요."

"그러게요. 제가 토끼를 좋아하거든요. 집에서는 식구들이 절대 못 키우게 하고, 그래서 지하실을 얻어 토끼를 키우고 있었던 겁니다. 주인 할머니가 내일 와서 내려와 보겠다고 해서, 지금 일단 토끼를 옮겨 놓으려구요."

"어디로요?"

"일단 집으로 가지고 가던지."

그날 밤, 도끼와 토끼 때문에 나는 간담이 서늘해졌다. 하지만 그에 대한 오해를 풀 수 있었다. 사람들 사이에는 강물이 흐르고 거기에 다리가 놓여 있다. 우리가 그 다리를 건너가지 못할 뿐. 거기를 건너가면 되는데, 건너가면 별것이 아닌데, 그 소통의 통로가 없어 때론 무서운 오해를 하나 보다. 토끼를 품에 안은 그의 모습을 보니 순박한 농부의 모습이었다. 나의 어떤 면이 그를 끔찍한 공포영화의 악마로 보게 했을까? 그것은 내가 가지고 있는 추악한 내면의 모습일지도 모른다. 그날 밤, 그의 지하를 올라오면서 한없이 초라한 내 모습을 보고야 말았다.

몇 달이 지난 후 그는 결국 이사를 가야 했다. 할머니가 주민들의 민원에 결국 그를 내보내기로 결정한 것이다. 그는 토끼를 비롯해 고양이까지 주워 길렀다고 한다. 그걸 어디에 파는 것인지는 몰랐지만, 동네 사람들은 그를 이상한 사람으로 취급했다. 그가 부업으로 토끼를 파는 사람인지는 모르겠지만, 왜 도끼를 들고 그날 밤 나타난 것인지는 지금도 잘 모르겠다. 그렇다면 내가 잘못 본 것일까. 사람에 대한 편견은 없는 물건도 만들어내는 마술과 같은 속성이 있는 것이다. 그래 내가 잘못 본 것일 거다.

지금
몇 시지

여름이 깊었다. 열대야 탓인지 잠이 오지 않아 차를 몰고 시내 도로를 달리다가 고속도로를 타고 달렸다. 문득, 아주 젊었던 날이 생각났다. 사무실에 모여 있던 지인들이 회사의 봉고차를 타고 무작정 경포대로 간 적이 있었다. 심야에 출발해 새벽이 오기 전에 경포대에 도착한 지인들은 동해의 태양을 보고 잠시 아무 말도 하지 않았다. 그때의 지인들은 지금 대부분 유명한 사람들이 되었다. 시인, 소설가, 기자, 평론가 들이 있었다. 그때는 처지가 서로 비슷했고, 서로 다정했다. 경포대로 가던 길, 영동고속도로 위에서 우리는 무슨 이야기를 그토록 나누었던 것일까. 내가 영동고속도로로 바퀴를 올린 것은 문득, 그때 생각이 나서였다. 이십 년쯤 지난 일이다. 아니 어쩌면 그보다 더 오래된 일일 수도 있다. 그때 누군가 내일 출근 시간을 의식하면서 이런 말을 툭 던졌다.

"지금 몇 시지?"

운전을 하고 있던 지인은 몇 시라고 말했다. 운전대 옆에 붙어 있는 디지털 시계의 숫자가 깜박거리면서 점멸하고 있다. 그때 몇 시였는지 정확하게 기억나지는 않았지만, 그 깜박거리는 숫자가 멀리서 반짝이는 불빛처럼 기억된다. 기억이 마모되어 디테일은 사라지지만, 희미하게나마 전체적인 형태는 떠오른다. 경포대에서 우리들은 바다를 보고, 모래사장에 두 팔을 펴고 누웠다가 새벽에 다시 올라왔다. 출근을 해야 되기 때문이었다. 그때도 여름이었다.

옛 생각을 하면서 경포대에 도착해 그때처럼 해변에 두 팔을 벌리고 누웠다. 아득하게 먼 곳에서 누군가 걸어오는 것 같은 파도소리에 잠시 잠이 들었다. 문득 눈을 떠보니 사방이 깜깜하다. 파도소리가 들려온다. 그런데 온몸이 출렁거린다. 몸을 조금 일으켜 보니 온몸이 욱신거린다. 어라, 여기가 어디야. 분명히 백사장에 누워 잠시 눈을 감았는데, 나는 뗏목 위에서 벌거벗긴 채로 두 발이 밧줄로 뗏목에 고정된 채 바다 위에 떠 있었다. 어어어어, 이게 뭐야. 나는 주위를 둘러보았다.

아무것도 없다. 갑작스러운 일에 당황스럽다. 손으로 얼굴을 문질렀다. 손세수를 하고 고개를 흔들고 몸을 일으켜 보았다. 도대체 어떻게 된 일일까. 내가 왜 뗏목을 타고 바다 위에 있단 말인가. 그리고 이 해류는 어디로 흘러가는 것일까. 그리고 도대체 지금 몇 시란 말인가. 나는 바다 위에서 맨몸으로 아무 소용도 없는 시간을 궁금해 하고 있었다. 몇 시인지 알아서 뭘 하려고, 나는 반문했다. 어느 정도 시간이 흐르자 수평선에서 별들이 돋아 오른다. 나는 시간이 사라진 자리에서 이렇게 중얼거렸다.

'그런데, 지금 도대체 몇 시지. 지금 몇 시냔 말이다. 내일 아침에 중요한 일이 있단 말이다.'

석양을 보면서 궁금해 하곤 했다. 지금 몇 시인지. 그 황홀하고도 애잔한 풍경을 보며 왜 시간을 알고 싶어 했을까. 그것은 남아 있는 시간이 얼마 없다는 아쉬움 때문이 아니었을까.

어느 날 아침에 일어나 보니 유명해져 있었다는 시인 바이런의 말은 젊은이들에게는 희망을 줄 수 있겠지만, 중년의 사내에게는 절망감만 안겨준다. 결코 내일이 새롭지 않을 것이라는 생각이 예감이 아니라, 매달 돌아오는 월세나 은행이자처럼 일상이라고 확신하게 된다. 그렇다면 이제 끝난 것일까. 아니다. 이런 생각이 드는 순간부터 진정한 삶을 시작하게 된다.

그때부터 욕망에서 조금은 벗어나 자신을 바라볼 수 있는 시간이 있기 때문이다. 다른 건 몰라도 나 자신에게 정직해지지 않으면 나 자신을 볼 수가 없다. 내가 원하는 사람이 되지는 못할지라도 나를 원하는 사람을 찾아갈 수는 있기 때문이다. 아이에게 어른이 필요하듯이. 그런 의미에서 용기만 있다면, 살아나갈 용기만 있다면, 아직은 희망적이다. 중요한 건 지금 내가 어디에 있느냐를 아는 것이다. 그리고 몇 시인지도. 아무도 없는 바다 위에서 나는 이런 생각을 하며 또 중얼거렸다. 그것은 해답을 원하는 질문이 아니었다.

'지금 몇 시지.'

마법사

1

사람들이 표정을 잃어버렸다. 사방을 둘러보아도, 모두들 힘들고 지친 표정이다. 자신의 진짜 얼굴 대신에 가면을 쓰고 있다. 저들에게 자신만이 가지고 있었던 아름다운 표정을 돌려주기 위해 어떤 일을 해야 할까? 예를 들어 가난한 사람들에게 복지 정책을 강화하는 정책적인 노력처럼 구체적으로 사람들에게 힘이 되는 것이 무엇일까? 그 중의 하나가 마법이다.

나는 마법사이다. 당인리발전소 한 구석 비밀스러운 공간에서 살고 있다. 사람들이 간절히 원하기만 한다면 나는 이루어줄 수가 있다. 하지만 내가 마법을 부리기 위해서는 먼저 선행되어야 할 일이 있다.

마법을 받을 사람이 준비가 되어 있어야 한다.

아쉽게도 이 도시에는 이러한 준비가 된 사람이 별로 없다. 그렇다고 우리들의 선배인 숲속 도깨비처럼 요술 막대기를 휘두르면서 금은보화를 쏟아줄 수도 없는 일이다. 세상이 변했기 때문이다. 지금 내 눈에 보이는 사람들은 정말 열심히 살고들 있지만 너무나 힘들고 가난하다. 저들에게 용기와 희망을 줄 수 있는 소원을 들어주어야 한다. 오늘은 한 사람이라도 찾아야겠다. 누가 좋을까?

때마침 출출하기도 해서 대형 마트 식품 코너에 들어갔다. 사람들에게 음식을 만들어주는 식당에서 시급을 받으면서 일하는 사람들은 이 도시에 사는 천사들이다. 비록 그들이 자신이 하는 일을 힘들고 어렵게 여길지라도 말이다. 이곳에서 내가 사랑하는 여자가 일을 하고 있다. 그녀는 아무런 표정이 없다.

하루 10시간을 일하는데 잠시도 쉴 틈이 없다. 심지어 전화를 받을 시간조차도…. 오늘도 그녀는 내가 온 줄을 모른다. 무표정한 얼굴로 열심히 김밥을 말고 있다. 테이블과 혼자 앉을 수 있는 바가 설치된 형태의 식당이다. 마트에 온 사람들은 부지런히 식당에 들어온다. 음식 값이 저렴한 분식집에 사람이 제일 많다.

위생모를 쓰고 얼굴의 반을 감싸고 있는 플라스틱 보호대는 침이 튀는 것을 막기 위해 착용해야 한다. 나는 그녀의 바로 앞에서 쳐다보았다. 그녀는 바로 앞에 있는 나를 볼 수도 없다. 시선을 계속해서 아래를 향하고 있다. 거기에는 밥과 시금치, 계란말이, 햄 등의 고물이 나란히 놓여 있다. 조금 지켜보았는데 그녀는 5줄의 김밥을 말았다.

나는 그녀에게 주문을 걸었다. 그녀가 원하는 곳으로 데려다주어라. 나는 잠시 눈을 감았다. 내가 눈을 뜨면 그녀는 이곳에서 벗어나 그녀가 원하는 곳에서 다르게 살고 있을 것이다. 거기가 어딜까 생각해 보았다.

푸른 해변이 펼쳐져 있는 지중해의 작은 도시일 수도 있을 것이다. 아름다운 저택에서 칵테일을 마시면서 바다를 관망하고 있을 수도 있다. 아니면 도시의 최첨단 고층 펜트하우스에서 그녀가 하고 싶은 일을 하면서 잠시 쉬고 있을 수도 있다. 그곳이 어디든 관심이 없다. 그녀가 원하는 곳이라면 말이다.

나는 그녀가 행복해 할 세상의 모든 공간을 상상하며 눈을 살그머니 떴다. 아마 그 자리에 그녀는 없을 것이다. 하지만 그녀는 그 자리에서 역시 묵묵히 김밥을 말고 있었다. 나의 마법에 문제가 있는가 싶어 김밥 옆에 있는 튀김에 주문을 걸어 생새우로 만들어 버렸다. 방금 나온 새우튀김은 어느새 생새우가 되어 펄떡거리고 있었다.

내 마법은 문제가 없다. 그렇다면 뭐가 문제일까? 왜 나의 마법이 통하지 않는 것인가? 이유는 간단했다. 그녀는 이미 자신이 무엇을 원하고 있는지도 모르고 있었다. 이런 경우에는 마법이 통하지 않는다. 그날 나는 김밥 한 줄을 먹고 당인리발전소의 어두한 공간으로 들어와 한없이 울었다.

2

마법사는 짐승이나 나무들과도 이야기를 할 수 있다. 하지만 그게 그렇게 좋은 것만은 아니다. 타자와 서로 말을 나눈다는 것은 타인의 속마음을 안다는 것은…, 고통스러운 일이기도 하다. 오랜만에 길거리를 걸어가다가 우연히 대학 동창을 만났다. 특별한 직업이 없이 부모님의 유산을 물려받아 건물의 임대료로 살아가는 팔자 좋은 녀석이다. 녀석과 마포 껍데기 집에서 소주를 한잔 마시고 있는데 엉뚱한 말을 했다.

"아, 정말 사람 마음을 알 수가 없단 말이야."

녀석은 내가 마법사인 줄은 꿈에도 생각하지 못할 것이다. 나는 녀석의 속마음을 들여다보았다. 거의 대부분 돈과 여자 생각으로 꽉 차 있다. 저런 마음으로 무엇을 볼 수 있단 말인가? 설령 초원에 사는 독수리의 눈동자를 가졌다 하더라도, 마음에 욕심이 가득하면 뭐 보이는 것이 없다. 그걸 녀석은 모르고 있었다. 하지만 나는 묵묵히 말했다.

"왜, 그러는데?"

"지금 사귀고 있는 여자의 속마음을 알 수가 없단 말이야. 날 좋아하는 건지, 내 조건을 좋아하는 건지?"

나는 되물었다.

"그걸 왜 알고 싶은데?"

녀석은 소주잔을 기울이다가 내 말을 듣고 눈앞이 번쩍하는 모양이었다.

"하긴 뭐, 그렇긴 하지만. 하지만 이젠 무의미하게 여자를 만나는 일이 좀 지겨워져서 말이야. 글쎄 이제는 좀 순수하고 진정성이 있는 그런 사랑이라는 걸 하고 싶은데, 그게 잘 모르겠단 말이야."

아차, 싶었다. 나에게 보이지 않는 마음이 녀석에게도 있는 건가? 나는 호기심이 발동했다.

"그러니까 네 말은…, 사랑의 마음을 알고 싶다 이거구나."

"그렇지. 그녀의 진짜 마음을 말이야."

"거 참… 네가 이제 철이 드는 모양이구나."

"그런가 싶으네. 하긴 해마다 가을이 되면 내가 좀 감상적이 된단 말이야. 아무리 가을이 짧다고는 하지만 그래도 낙엽이 떨어지는 걸 보면… 나도 조금은 심각해진단 말이지."

그건 그렇다. 사람이 심각하게 뭔가를 생각하는 순간이 있다. 나는 곰곰이 생각하다 말했다.

"언제 그녀를 만나기로 했나?"

"내일 저녁식사."

"그럼, 그녀의 마음을 내가 한 시간만 보게 해줄게. 나를 데리고 나가."

"하하, 너 참 재미있는 녀석이야."

나는 녀석이 나의 말을 믿지 않는다는 사실을 잘 알고 있었다. 그래서 내가 말했다.

"그럴 줄 알았다. 그럼…"

나는 나의 마법 능력을 잠시 그에게 보여주었다. 간단하게 녀석이 뭘 생각하는지 마음속을 읽어 알려주었다. 그는 처음에는 반신반의하다가 자신의 결정적인 비밀마저도 알아버리자 경이로운 눈동자로 나를 올려다보았다. 단순한 몇 가지 사실 확인만으로 녀석은 완전히 놀란 눈치였고, 나를 신뢰했다.

다음날, 저녁에 그녀와 함께했다. 녀석은 그녀에게 친구를 데리고 나오라고 하고, 나와 그녀의 소개팅을 시켜주는 자리로 자연스럽게 만들었다. 여자 경험이 많은 자라서 항상 자신감에 차 있었다. 천하의 바람둥이로 유명한 녀석이었지만, 그래도 진짜 사랑을 하고 싶다고 하니 그녀에 대해 알고 싶은 마음도 있었다. 우리는 자연스럽게 시내의 한 호텔 일식집에서 합석을 했다.

녀석이 사랑하는 여자는 대단한 미녀였다. 내가 한눈에 반할 정도로. 그녀가 나에게 소개 시켜준 여자 역시 아름다웠다. 나는 오랜만에 만찬을 즐기면서 식사를 하고 있었다. 그리고 한 시간 동안만 그녀의 마음을 들여다보았다. 아무리 마법사라도 사람의 마음을 들여다본다는 것은 마라톤을 하는 것처럼 엄청난 에너지가 필요하다. 나는 그날 식사를 마치고 다시 녀석과 술집으로 향했다. 내가 말했다.

"실패했다. 아, 여자의 마음은 정말 복잡하고 알 수가 없다. 나의 마법이 통하지 않는 경우는 이번이 처음이다. 그냥 네가 알아서 해라. 나는 잘 모르겠다."

녀석은 고개를 갸웃거리면서 고민에 빠져 있었다. 자신의 마음을 그토록 잘 알아내던 마법사인 내가 알 수 없는 것, 그것은 화장을 한 여자의 얼굴 속에 있는 마음이다. 그걸 세상의 누가 알 수 있을까? 나는 그날 심야에 골목길을 산책하면서 길고양이에게 물었다. 너는 그걸 아냐고? 고양이는 야옹이라고 길게 웃고는 어둠 속으로 사라지면서 말했다.

"나도 몰라여…, 하지만 우리들과 대화도 할 수 있는 마법사님이 그걸 모르는 이유는 알아요. 그건 그녀도 자신의 마음을 모르기 때문이지요."

3

오늘 오전에 한 청년이 공원에 앉아 있는 것을 보았다. 그는 지금 절망감에 시달리고 있었다. 사실 내가 마법사이긴 하지만 마법 역시 자연의 변화에 비교하면 하잘것없다. 특히 늦가을이 그렇다. 그런데 그 청년은 위대한 가을 풍경을 볼 생각은 하지도 않고 한숨만 내쉬고 있었다.

나는 신경이 거슬려 아름다운 풍경에 집중할 수가 없었다. 도대체 무슨 상념이 저토록 깊단 말인가. 그냥 지나치려 하다가 주문을 외워, 그의 친구로 변신을 해서 옆에 앉았다. 청년은 나를 보고는 화들짝 놀랐다.

"어! 상민아."

"준수야, 너 여기 웬일이냐?"

"야, 이게 몇 년 만이야. 고등학교 졸업하고 나서 처음 보니까 오 년은 넘었네."

고등학교 졸업하고 5년이라, 그럼 대학 생활 4년 잡고 이제 막 사회에 진출한 사람이다 싶었다. 나는 적당하게 안부를 물었다.

"하여간 반갑다. 그런데 무슨 고민 있냐? 멀리서 보니까 북망산 바라보는 노인처럼 보이더라."

"별거 아니야. 그런데 너는 졸업하고 바로 유학을 간 거로 알고 있는데… 거기에서 산다고 동창들에게 들었는데 말이야. 여기서 다 보다니 신기한 일이다. 그럼 이제 한국에 아주 들어온 거냐?"

나는 고개를 끄덕이면서 이런저런 이야기를 나누었다. 그는 명문대를 졸업했지만, 입사 시험에 계속 떨어지는 취업 준비생의 신분이었다. 청년은 요즘 젊은이의 고민을 안고 살고 있었다. 하지만 남다른 것이 하나 있었다. 그의 어머니 이야기였다.

청년은 늦둥이로 태어나 부모님의 사랑을 남다르게 받고 자란 귀한 집 자식이었다. 그런데 칠순에 가까워지는 어머니가 노망에 드셨다. 요즘엔 자신을 알아보지 못하고 다른 소리를 하는 바람에 충격을 받고 집을 나섰다. 형제들은 서로 모시기를 꺼려하고, 결국 요양원으로 보내자는 결론을 내렸는데, 뭐 하나 가진 것 없는 자신이 한심하게 여겨져서 견디기가 힘들다고 했다. 노망이라? 요즘에는 치매라고 하지만 치매보다는 노망이라는 말, 즉 늙어서 잊어버리는 것이 많다는 말이 자연스럽고 왠지 어른에 대한 존경심이 묻어 있는 말처럼 여겨진다.

마법으로 인한 변신은 그날 자정까지만 효력이 있다. 자정이 가까워지고 있을 때 청년에게 말했다.

"야, 단풍 들면 아름답잖아. 그런데 곧 진단 말이야. 어머니도 이제 단풍이 드신 것이라고 생각하고 네가 할 수 있는 것만 최선을 다하면 좋을 것 같아."

"아, 단풍…. 그래 요즘엔 정신이 없어서 단풍도 못 보고 사네."

"오늘 우리가 만났던 자리가 아름답게 단풍 든 자리란 말이야."

청년은 내 말을 듣고는 고개를 끄덕이고 있었다. 벌써 소주를 세 병이나 비웠다. 마법이 풀릴 시간이 점점 가까워진다. 나는 화장실에 가는 척하면서 자리에서 일어나 술값을 계산하고 밖으로 나왔다.

오늘 하루를 잘 사는 것이 마법에 가까운 일이다. 내일은 저 청년이 힘을 내서 단풍을 보았으면 좋겠다. 인간이라면 누구나 단풍 드는 시간은 온다. 낙엽 지는 자연은 아름다운데 인간은 왜 늙음을 추하게 생각하는 것일까? 가을엔 온 세상이 마법에 걸린다. 자연이 더 이상 아름다울 수 없는 천국의 풍경을 잠시 인간에게 보여주고 있었다. 사람이 나이를 든다는 것도 그런 것이 아닐까? 노망이란 나뭇잎의 떨켜 같은 것, 때가 되면 여태 살았던 모든 기억과 결별을 해야 한다. 나뭇잎에 수액을 공급하는 길을 차단하는 떨켜, 그래 노망이란 그런 거다. 작은 일에 감사하면서, 오늘 하루를 잘 보내고 자정을 맞는다는 것 역시 놀랍고 고마운 일이다.

외출

동사무소에서 가져온 달력을 벽에 걸어 놓았다. 달력을 보고 있으면 세월의 무게 때문에 우울해지기도 하고, 가끔은 설레는 마음으로 희망을 적어 놓기도 한다. 올해는 좋은 일들이 많을 거야. 그래, 분명히 그럴 거야. 자기 최면을 걸면서 달력에 붉은 색으로 가족들의 생일과 아버지의 기일, 각종 기념일들을 정리하고 있는데 친구에게서 전화가 왔다. 반가운 마음이 들었지만, 일요일 오후의 전화는 가끔 사람을 놀라게 한다. 약간 불안한 기운이 든달까? 그날이 아마 그랬던 것 같다. 친구가 말했다.

"일요일 날 전화해서 미안하다. 그런데 말이야, 말할까 말까 망설이다가 그냥 말하기로 했다."

"그래, 잘했다. 뭔데 그래?"

친구는 긴 한숨을 내쉬면서 말했다.

"그게 말이야, 나 지금 장욱이 병원에 와 있다."

서장욱은 대학 동기이다. 대기업 광고회사의 실장으로 다이어리만 몇 권을 가지고 다니면서 스케줄을 체크하는 녀석이었다. 간혹, 우리들을 만나 소주잔을 기울이면서 조기 정년퇴직을 해서 전원 생활을 하겠다고 했다. 퇴직 후에 목공일을 하겠다면서 작업실까지 만들어 두었지만, 나무를 만질 시간이 없다고 투덜거리곤 했었다.

학창 시절에는 시를 잘 쓰던 녀석이었는데, 그 재능을 광고 카피로 발휘해서 우리들 중에서는 그래도 꽤 출세한 녀석이기도 하다. 그런데 어느 날, 그가 쓰러졌다. 그리고 요양병원으로 갔다. 벌써 오 년이나 지났다.

이제 오십 세가 된다면서 축하주를 마시고, 이제 노년을 준비하자면서 술을 먹고, 그날 새벽에 쓰러진 것이다. 생각해 보니 그날이 일요일이었다. 일요일 저녁, 처음 면회를 가던 날 어어 거리면서 말도 못하고 누워 있던 병상이 생각났다. 나를 바라보던 눈빛이 아직도 선명하다. 물기가 가득한 눈동자는 말문이 막힌 녀석의 심경을 짐작하게 했다. 그 생각이 났다. 그런데 왜 친구가 장욱이 병원에 갔을까?

"아, 그래. 나도 한 번 가야 할 텐데. 장욱이 생각을 그동안 못했구나.”

“너, 바쁘냐?”

수화기에서 들려오는 친구의 떨리는 목소리를 듣고, 나는 급하게 주차장으로 내려가 시동을 걸었다. 부르릉거리는 엔진 소리가 유독 크게 들렸다. 그런 날이 있다. 내 심장의 박동소리까지 들리는 것 같은 느낌. 친구가 조금 전에 한 말이 자꾸 이명처럼 들려온다.

“야, 이 자식이 자꾸 짐을 싸고 있다. 제수씨가 울면서 전화해서 여기에 왔는데. 아, 근데 이 녀석이 좀 이상해. 짐을 싸면서 하늘나라로 가겠다는 거야. 주위 사람들이 만류하려고 해도 서류가방에 다이어리와 핸드폰 뭐 이런 걸 챙기는 거야. 정말, 인생이 정말 왜 이러냐. 그리고 너도 보고 싶다고 한다. 하늘나라로 먼저 가서 나중에 우리들이 오면 잘살 수 있게 먼저 자리를 잡겠다고 하면서 말이야.”

녀석이 이제 하늘나라로 가려고 한다. 아마도 치매 증상이 온 것 같다. 요양병원 침상에는 모두 하늘나라에 가려고 하는 사람들이 잠시 머물고 있었다. 옆에 있는 할아버지는 병상에 묶여 있었다. 뭐 하나 제대로 들지도 못할 것 같은 늙은 팔다리가 움직이지 못하게 묶여 있었다. 장욱이도 병상에 끈으로 묶여 있었다.

입원실 환자들이 측은한 눈동자로 아직은 젊은 환자 장욱이를 내려다보고 있었다. 나는 친구를 묶어 놓은 끈을 풀었다. 간호사가 뭐라고 했지만, 대꾸도 하지 않았다. 나는 장욱이를 부축하고 병원 안을 걸었다. 장욱이는 평소에 들고 다니던 낡은 가죽가방을 챙겨 들었다. 그리고 가방을 한 번 흔들곤 히죽 웃는다. 나는 말했다.

"장욱아, 그래… 가자… 하늘나라. 나와 같이 걸어가자."

그러자 장욱이가 말했다.

"아니야, 내가 먼저 갈 거야. 넌 조금 있다가 와."

비록 외출은 하지 못했지만, 친구와 병원 복도를 걸으면서 생각했다. 하늘나라로 가는 길이 따로 있는 것이 아니라는 것을. 부지런히 걸어가다 보면 하늘나라로 가는 길은 어디론가 이어지는 것이다. 다만 눈에 보이지 않는 길이다. 어쩌면 지구에서 별까지 걸어서 가는 길이다. 누군들 이 길에서 벗어날 수 있겠는가.

모텔 여자 추락사건

세상이 낙원이 아니라는 사실을 알게 된 것은 얼마 전이었다. 쇼팽의 발라드 G단조를 듣고 있는데 느닷없이 앞 건물에서 사람이 떨어졌다. 지하에는 룸살롱이 있고, 성인 휴게텔과 성인용품 간판이 도시의 흉터처럼 붙어 있는 건물이다.

그 건물의 11층에 있는 모텔에서 한 여자가 창문을 열고 떨어져 죽었다. 그녀가 떨어진 자리 앞에 포장마차식 분식집이 있었다. 혹시 그때 손님이 있었다면 엄청난 충격을 받지 않았을까. 어묵을 한 입 베어 먹는데 옆으로 젊은 여성이 속옷 차림으로 뚝 떨어져 피투성이가 되었다면…, 생각만 해도 끔찍하다. 며칠 동안 그녀의 혈흔이 남아 있는 자리는 갑자기 무너진 도로의 싱

크홀처럼 컴컴했다.

나는 북카페 '은하수를 여행하는 히치하이커' 주인이자 바리스타이다. 이제 오십 대를 막 넘어선 초등학교 교사 출신의 신도시 주민이다. 십 년 전인가 우연히 취미로 커피 공부를 하다가 살고 있던 집을 팔아 카페를 열어, 주위의 만류에도 불구하고 오 년 전부터는 아예 사표를 내고 카페 일에 몰두하고 있다.

카페의 면적은 7평 남짓, 하지만 지난 십 년간 이 작은 공간에서 일어난 일은 박경리의 〈토지〉보다도 넓을 것이다. 아주 작다고 생각한 일들이 얼마나 크고 무거운 것인지 지난 십 년의 경험으로 이제 알게 되었다. 이제야 어른이 되었다고나 할까. 이름이 뭐냐고? 나중에 밝히겠다. 신도시에서 이름 따위는 별로 중요하지 않으니까.

하여간, 모텔 여자 추락사건은 그냥 조용히 묻혀 버렸다. 혈흔이 있던 자리도 며칠 동안 내린 비와 청소 덕분에 자세히 보아도 이젠 흔적이 남지 않았다. 그 사건이 나고 한 달 정도 지났을까? 초창기 단골손님 중에 신도시 경찰서에 근무하는 강력계 형사가 있다. 처음에 그가 들어왔을 때, 나는 조폭이 들어온 줄 알고 잔뜩 긴장을 했었다. 그는 내 표정을 살피더니 먼저 자신의 신분을 말했다.

"그런 눈으로 보지 마세요. 저 형사예요. 조폭처럼 보이지요?"

"아, 예. 그게."

“아이고, 이 생활 오래하다 보니까, 외모가 범인과 비슷해지나 봅니다. 하지만 전 범인을 잡는 사람입니다.”

그는 아프리카 케냐 커피를 좋아했다. 마초 기질이 있어 보이기는 하지만, 언제나 혼자 와서는 조용히 커피 한 잔을 마시고 자리에서 일어났다. 한동안 모습이 보이지 않아 다른 곳으로 발령이라도 난 것인가 싶었는데, 자정이 가까워지는 시간에 그가 피곤한 모습으로 들어왔다.

“주인 선생, 정말, 세상이 말이지요.”

나는 커피 용기를 세척하면서 바에 앉은 그와 마주했다. ‘무슨 일 있어요?’ 질문을 하고 바로 후회했다. 그는 항상 범죄와 관련된 ‘무슨 일’인가를 쫓아다니는 사람이 아닌가. 말은 한번 해 버리면 되돌릴 수 없기에 반드시 한 번 생각하고 해야 한다. 생각은 얼마든지 되돌릴 수 있다. 과묵한 사람이 타인에게 신뢰감을 준다.

“요기 앞에 건물에서 떨어져 죽은 여자아이 말입니다.”

“아, 그래요. 얼마 전에 여자가 떨어졌다고 하던데.”

“아우, 미성년자예요. 어쩌다가 그런 일을 당했는지.”

“당했다고요. 그럼 살인사건?”

“우리들은 일단 살인사건으로 보고 수사를 시작했어요. 목이 졸린 흔적이 있고, 팔다리에 구타를 당한 상처들이 있어요. 체내에 정액도 보이고 말이지요. 하여간 살인사건이거나 혹은 위협을 느껴 피하다가 실족을 한 것일 수도 있다, 가해자가 있다는 생각이 들더군요. 그런데 어제 범인이 자수를 했어요."

"범인이 누군가요?"

"참, 그게. 그냥 평범한 중년 남잡니다. 그리고 범인보다도 피해자가 더 중요할 수도 있잖아요. 정말 중요한 것은 가해자가 아니라 피해자입니다. 피해자 말입니다. 얼마나 억울하겠습니까. 그 피해자가 바로 선생도 아는 사람입니다."

"제가요?"

"예, 사실 그걸 알고 바로 오려고 했는데 말이지요."

나는 그가 말을 꺼내기 전에 한 번 생각했다. 그가 커피 잔에 손을 대는 순간 피해자가 누구인지 말하지 말라고 할까, 고민했다. 스트레스를 받기 싫어서이다. 요즘엔 스트레스 때문에 속이 더부룩하고 소화가 잘 안된다. 하지만 내가 생각을 하는 사이에 그가 말해 버렸다. 타이밍이 중요하다. 하고 싶은 말을 빨리 하는 것도 능력이다.

"여기서 주말에 알바하던 학생 있잖아요, 선영이."

"선영이!"

그 아이의 이름을 듣고, 더 이상 범인이 누구인지, 범행 동기와 사건의 진상도 알고 싶지 않았다. 선영이가 그런 일을 당했고, 그때 내가 한 블록 떨어진 장소에서 여유롭게 쇼팽을 들었다는 사실이 무서웠다. 그날 나는 새벽까지 카페에서 불을 끄고 혼자 앉아 있다가, 선영이가 떨어진 자리에 가서 흰 장미꽃 한 송이를 조용히 두고 왔다.

시와 소녀

신기한 일이었다. 의사 케이는 환자를 기다리면서 서재를 어슬렁거리다가 오래된 나무 상자를 발견했다. 진료실을 꾸미면서 집에서 딸려온 상자를 그냥 구석에 놔둔 것이었다. 그는 중얼거렸다.

'아, 이게 여기에 있었네. 뭐든 그 자리에 있으면 이렇게 보게 되는구나.'

그 나무 상자를 확인한 케이는 고개를 돌려 안도의 한숨을 내쉬었다. 선뜻 상자를 열 수가 없었다. 회랑처럼 길게 이어진 서가의 한쪽에서 몸을 일으켜 한 권의 책을 뽑아 들었다. 막 쏟은 와인이 책 표지에 스며든 것처럼 붉은 장정의 오래된 책 한 권이 눈에 들어왔다.

책을 뽑아 들고 펼치자 단풍잎 한 장이 뚝 떨어진다. 어! 케이는 그 자리에 꼼짝하지 않고 서서 내려다보았다. 마치 자신의 몸에서 떨어져 나온 나뭇잎 같았다. 발등을 치고 방바닥에 떨어진 단풍잎은 빠짝 말라 손으로 집는다면 바스라질 것 같았다. 단풍에서 나온 습기 탓인지 단풍잎이 들어 있던 책의 페이지가 변색되어 있었다. 다시 나뭇잎을 조심스럽게 들고서 오후의 햇살에 비추어 보았다. 책을 얼룩지게 하고, 색감마저 사라지고 있는 단풍잎 한 장. 도대체 얼마나 시간이 지난 것일까?

아픈 이모는 문학소녀였다고 했다. 시를 사랑하고, 공부를 잘한 여학생이었다. 너무 총명하고 예뻐서 집안 식구들의 사랑을 독차지했는데, 그건 전설일 따름이었다. 내가 아는 이모는 그런 종류의 사람이 아니었다. 아니 사람이 아니라 그림자처럼 여겨지는 분이었다. 무의식처럼 자리 잡고 있는 아픈 이모와의 만남. 가끔 할머니 댁에 가면 이모는 방구석에 앉아 뭔가를 중얼거렸다.

사내처럼 짧게 자른 머리는 항상 떡져 있었고, 방 한구석 구겨진 이부자리에 내복과 같은 허름한 옷을 입고 있어 방안에 있는 거리의 노숙자처럼 보였다. 7남매 중 첫 딸로 태어난 이모는 큰이모라고 불러야 하지만, 케이는 아픈 이모로 기억하고 있었다. 아직 초등학교에 들어가기 전, 철부지 케이는 그런 이모의 모습이 싫었다. 멀리 거리를 두고 보거나 그냥 슬쩍 지나치곤 했다. 그때 케이의 어머니는 도망가려는 케이를 붙잡고 항상 이렇게 말했다.

"아픈 이모에게 인사 안하니, 버릇없게!"

케이는 어머니의 손에 눌려 고개를 숙이고 "안녕하세요?"라고 한다. 그럼 어머니는 이렇게 말했다.

"가까이 가서 더 크게."

케이는 등을 떠밀려 이모에게 다가가 크게 인사를 했다. 그런 일은 여러 번 반복되었다.

"안녕하세요. 잘 지내셨어요?"

'안녕하세요'만 하지 '잘 지내셨어요'는 무슨 말인가, 케이는 자신이 한 말을 주워 담을 수가 없어 안타까웠다. 누가 봐도 이모는 잘 지내고 있지 못했다. '이런 바보 같으니'라고 중얼거렸다. 그러면 케이의 어머니는 언니의 손을 잡고 한숨을 내쉬면서 방을 나서곤 했다. 하지만 아픈 이모는 초점 없는 눈동자로 주위를 두리번거렸다. 이모는 누구의 인사를 받지 않았다.

그러던 어느 날이었다. 케이는 골방에서 창문을 올려다보면서 중얼거리고 있는 아픈 이모를 발견했다. 어머니는 부엌에서 할머니와 음식을 만들고 있었다. 할머니 부엌에서 나는 음식 냄새는 할머니의 존재를 드러내는 손길이었다. 부엌으로 가서 계란말이라도 하나 집어 먹을 심사였지만, 골방에서 중얼거리는 목소리가 들렸다. 환자들이 혼자 하는 말은 떠돌아다니는 먼지처럼 보였다. 둥둥 떠다니는 비눗방울 같은 목소리가 골방에서 들렸다. 케이는 바짝 귀를 기울였다.

"아, 글쎄, 그게 뭐, 그러니까, 왜, 하늘에 별이 둥둥 떠다니는데 왜, 거기에 뭐가 있는…"

케이는 방문을 열고 조심스럽게 한 발 내디뎠다. 그곳은 무서운 곳이었다.

"이모, 아픈 이모!"

케이가 용기를 내서 그녀를 불렀다. 케이가 처음으로 이모와 대화를 시도하는 순간이었다. 그래서 그 순간을 잊지 못하는 것인지도 몰랐다.

"안녕하세요?"

"…"

"잘 지내셨어요? 어디가 아프신 거예요?"

"…"

이모는 케이를 발견하고는 대답을 하지 않고 방구석으로 몸을 숨기기 시작했다. 벽으로 들어가려고 하는 것 같았다. 하지만 벽으로 어떻게 들어간단 말인가. 이모는 벽에 몸을 바짝 붙이고 고개를 저으면서 케이를 경계했다.

"왜 그러시는 거예요?"

"조심해, 조심해."

“예? 뭘 조심해요. 이모 대체 어디가 아파요? 왜 그러고 있는 거예요?”

이모는 역시 질문에 대답을 하지 않고 엉뚱한 말만 했다. 케이가 조금 더 다가가자, 그녀는 무릎 사이에 머리를 박고 꼼짝 하지 않았다. 엄마 말대로 막상 가까이에 다가가서 보니 아픈 이모가 무섭지 않았다. 오히려 그녀가 비 맞은 강아지처럼 자신을 보고 겁을 내고 있었다. 옆에 쪼그려 앉아 케이는 우두커니 아픈 이모를 한동안 바라보았다. 그러자 이모가 고개를 들어 케이를 보고는 희미하게 웃다가 눈을 맞추었다. 손을 뻗어 조카의 볼을 만지작거리고 있었다. 케이를 바라보면서 고개까지 끄덕였다. 느닷없는 일이었다. 케이는 화들짝 놀라 방문을 박차고 엄마를 부르면서 뛰쳐나갔다.

“왜 그랬을까? 그때가 이모와 대화를 할 수 있는 유일한 순간이었는데…”

서울대학교가 보이는 신림동 언덕 할머니 댁은 지금은 흔적도 없이 사라졌다. 그 자리에 5층 건물이 들어서서 한 시절, 케이가 아픈 이모를 만났던 기억만 남아 있었다. 하지만 기억이라는 것도 물건이 있어야 잘 돋아나는 법이다. 어린 시절의 추억이 고스란히 담겨 있는 할머니 집은 집터마저 사라진 장소라서 다시 찾지는 않는다. 하지만 케이는 그날 단풍잎이 떨어지고 나서 다시 그 자리를 찾아갈 생각을 했다. 그 생각을 하자 어린 시절 걸어 올라가던 구불구불하던 골목길이 떠올랐다. 사라진 자리가 기억 속으로 선명하게 보였다.

케이가 고등학교를 졸업할 무렵, 아픈 이모가 죽었다는 연락을 받았다. 그 후로 할머니 댁은 큰삼촌이 식구들을 이끌고 아파트로 이사했다. 어머니와 함께 아픈 이모의 상가에 다녀오면서 케이는 궁금한 것을 어머니에게 물었다.

"엄마, 그러니까 아픈 이모는 몇 년 동안이나 저러다가 돌아가신 거야?"

"한 삼십 년 넘었지."

"삼십 년!"

"어휴, 불쌍한 언니 같으니라고."

"아니, 왜 그렇게 되신 거야?"

"그걸 누가 알아. 그냥 어느 날 저렇게 돼버린 거야."

"그래도 이유가 있을 것 아니에요?"

"글쎄. 언니가 유독 이쁘고 똑똑했는데, 서울대학교까지 다니고 말이야. 언니가 서울대학교에 입학하니까, 아버지가 학교가 보이는 언덕 위에다 집을 거기다가 지으신 거야. 아버지가 언니를 얼마나 자랑스러워하고 예뻐했는지 몰라."

"그런데 왜 그랬지?"

"글쎄다. 누굴 좋아하다가 그런 것 같기도 하고."

"예? 누굴 좋아해?"

"누굴 좋아했는데, 헤어지고 나서 그랬다고도 하고."

"정확하게 모르세요? 언니 일인데."

"그걸 어떻게 아니, 말을 안하는데."

"할머니도 모르실라나?"

"왜 그게 궁금하냐?"

"궁금하지요. 아니, 왜 멀쩡한 분이 정신줄을 놓고 삼십 년 동안 아프다가 돌아가시냐고?"

"아이고, 몰라. 얘가 뭘 그렇게 꼬치꼬치 캐물어."

"할머니한테 물어봐야겠다."

"그러든지. 그런데 그 책은 왜 들고 온 거야. 그냥 태워버리지."

"책을 왜 태워요. 책이 무슨 죄가 있다고. 좋은 시집들인데."

"그래도 망자가 가지고 가면 될 걸, 왜 니가 그걸 가지고 오냐고. 그리고 언니도 참, 그것 참 신기한 일이지 뭐냐. 왜 너한테 유품을 남겼는지 정말 신기한 일이란 말이야. 돌아가시기 전에 너에게 유품을 주라고 아주 멀쩡한 사람처럼 이야기를 하다니. 아이고, 참 불쌍한 언니."

케이는 잠시 생각했다. 식구들 중에서 나와 아픈 이모는 어떤 공감을 한 것이다. 철부지 시절에 우연히 발견한 이모의 모습은 식구들에게 금기시되었던 이모의 방문을 열어주었다. 그 뒤로 케이는 이모의 방에서 잠을 잘 정도로 익숙해졌다. 그 생각을 잠시 하다가 승용차의 뒷자리에 있는 책들을 보았다.

"내가 좋아하는 시집들이야. 엄마, 그런데 아픈 이모가 국문과에 다녔나?"

"아니, 언니는 법대에 다녔다."

"우와, 서울대학교 법대!"

"아이고, 우리 집안에 보석이었어. 그런데 그럼 뭐하냐. 저렇게 살다 가는데. 몸이건 마음이건 간에 건강이 제일이야."

"하긴, 그렇다. 그런데 왜 엄마는 공부를 못했어?"

"이 녀석이, 엄마한테. 그나저나 넌 의대에 꼭 가야 된다."

"예, 어머니. 의대에 가고 나면 제가 하고 싶은 일 해도 된다고 하셨습니다."

"그럼, 의사가 돼라. 이 어미의 소원이다."

케이는 어머니의 소원대로 의대에 들어갔다. 의대에 들어가서 정신과 의사가 되었다. 그가 정신과 의사가 된 이유는 정신분석학의 대가인 칼 융과 아픈 이모 때문이었다. 한 사람은 책으로, 한 사람은 실제로 만나 케이의 인생에 방향타가 되었다. 사춘기 시절에 도서관에서 우연히 발견하고 읽은 책 한 권과 아픈 이모의 질병에 대한 궁금함이 그의 인생을 결정했다.

아픈 이모가 돌아가시고 나서 또 삼십 년의 세월이 흘렀다. 케이는 '소원을 들어주는 집'이라는 정신병원을 개원했다. 국립대학 영문과 교수였던 인문학자 아버지의 서재와 자신의 서재를 합친 도서관과 같은 서재를 연구실로 사용하고, 유럽풍의 건축물인 병원은 수도권 신도시의 명소처럼 여겨지기도 했다.

나비가 날아오는 아름다운 정원과 나지막한 산세를 배경으로 병원에 들어오는 순간, 환자와 보호자들은 대접 받는 귀족과 같은 느낌이 들었다. 이 병원을 이용하는 환자들은 도시의 상류층 인사들이었다. 개원을 하고 나서 케이는 깜짝 놀랐다. 이름만 대면 알 만한 부자들과 연예인들 중에 정신병자가 많았다. 오후에 재벌의 막내딸 내원 약속이 잡혀 있었다. 그녀는 가끔 뉴스에 보도가 되는 인물이기도 했다. 간단한 점심을 마치고 서재를 어슬렁거리면서 그녀에 대한 병력 차트를 살펴보다가 무심코 뽑아 든 것이 바로 아픈 이모가 유품처럼 남긴 책이었다. 그리고 거기에서 단풍잎을 발견했다.

이정숙. 아픈 이모의 이름이다. 이모가 남긴 유품 중에서 챙겨 온 시집에 적혀 있는 낯선 이름 이정숙. 이 이름은 아픈 이모라는 삶을 가리고 있었다. 아픈 이모라는 어린 시절의 추억과 그 추억으로 인한 은유가 해결해 줄 수 없는 삶의 실체가 이름 석 자였다. 케이의 어린 시절의 그림자였고, 어둠이었다. 그때 가져온 이모의 유품들은 시집을 포함해서 단행본 한 박스와 작은 나무 상자가 전부였다. 모두 오십여 권의 책을 담아 방 한구석에 놓아두고 나무 상자는 책상 밑에 넣어두고 한동안은 잊고 지냈다.

케이는 성장하면서 아픈 이모의 방에 있던 책들을 보곤 했다. 가끔 이모는 그 책들을 보고 있었다. 읽는 것이 아니라 문자를 마치 그림처럼 보고는 손가락을 톡톡거리는 동작을 반복했다. 마치 방문을 두들기는 것처럼, 비둘기가 모이를 쪼는 것처럼, 그 동작을 반복했다. 중학교에 들어가서 아픈 이모가 한 시절에는 아름다운 소녀였다는 생각을 했다. 그 전에는 그저 환자일 뿐이었다. 톡 톡 톡, 책상을 손가락으로 두들기자 누군가에게 모르스 부호로 무전을 보내는 느낌이 들었다.

식구들의 증언에 따르면 그녀는 병에 걸릴 이유가 없었다. 그 말은 이모와 진지한 대화를 나눈 사람이 없다는 뜻이기도 하다. 그녀는 어려서부터 독보적인 존재로 인정받았다. 오로지 혼자 공부하고 노력한 케이스다. 당시에 여성에게는 그런 재능이 반갑기만 한 일이 아니었다. 그걸 다 이겨내고 법대에 들어간 이모. 그런 사람이 왜? 케이는 단순한 호기심에서 이모에 대해 연구를 하고 싶다는 생각이 들었다. 왜, 이모는 서울대학교 법대생에서 골방의 환자로 변신한 것일까? 그래 그것은 변신이라는 생각이 들었다.

그 책들은 고스란히 의사 케이의 서재에 자리 잡고 있었다. 책장의 상단 두어 칸을 차지하고 있었다.

그 중에서 케이가 뽑아 든 것은, 붉은색 장정으로 된《한국의 명시》라는 제목을 달고 있는 시집이었다. 단풍잎은 윤동주의 시에 끼워져 있었다. 그땐 마침 가을날이었고, 단풍잎은 아직 젖어 있었다. 방바닥에 떨어진 단풍잎을 잠시 들여다보고 있던 케이는 단풍잎을 다시 책갈피에 넣었다. 윤동주가 별을 헤아리고 있는 시 구절이 눈에 들어왔다. 시집의 여백에 이런 구절이 적혀 있었다.

"별을 보면서 당신의 이름을 부르는 밤. 차라리 별이 가까이 있구나."

케이는 잠시 한숨을 내쉬었다. 아, 참 간절했구나 싶었다. 아픈 이모는 도대체 누굴 만나서 어떤 사연을 남기고 간 것일까? 바로 이 문장이 떠나가 버린 아픈 이모의 '아픔'을 이해하고, 병리학적으로 분석할 수 있는 단초가 될 수도 있을까? 그래 그럴 수도 있을 것 같다고 케이는 생각했다.

2부

소원을 들어주는 집

여기는 '소원을 들어주는 집'이다. 엘리베이터를 타고 오피스텔 꼭대기 층인 29층으로 오면 된다. 신도시의 중심에 있으면서 수목원처럼 꾸며진 공원이 한눈에 내려다보이는 천국 같은 곳이지만 입주자들은 천사가 아니다.

오피스텔은 현대 도시의 욕망 구조를 축약시켜 놓은 건축물이다. 홀로 사는 입주자들 중에는 바로 옆집에 사는 술집 여자를 비롯해 음란 마사지사, 불법 도박 업자까지 있는가 하면, 편의점, 은행, 약국, 의상실과 미용실, 점집은 물론, 교회와 절도 한 건물 안에 있다. 참으로 다양한 인간군종들이 어울려 살고 있다. 내가 이곳을 소원을 들어주는 집으로 정한 이유도 바로 그

점에 있다.

나는 매주 금요일 자정에 거실에 설치된 괘종소리가 열두 번 울리면 손님을 받는다. 이메일로 연락을 하고 제법 은밀하게 거래가 이루어진다. 나는 정신과 의사로 오랫동안 대학병원에서 근무하다 조기 퇴직한 의사이다. 이곳은 일종의 병원인 셈이지만, 꼭 병원이라고 할 수도 없다. 심리상담소 정도가 적당할 것이다. 하지만 사람들은 이곳을 점집이나 무당집처럼 여기기도 한다. 나이는 오십 대에 들어선 남성이다. 이제 서서히 뭘 좀 아는 나이라고나 할까.

그동안 많은 사람들이 다녀갔고, 지금도 소원을 들어 달라고 연락을 해 오는 사람이 꽤 된다. 실평수 17평 남짓한 이 공간은 마치 성당의 고해실처럼 만들어져 있다. 중세 성당 고해실의 언어창살처럼 칸막이가 있어, 손님은 나를 볼 수가 없다. 하지만 나는 칸막이 설치된 특수 유리를 통해서 손님을 본다. 주체와 객체가 적당한 거리를 유지해야 이야기가 들리는 법이다. 그리고 이야기를 듣는 사람은 말하는 사람의 모든 것을 알아야 한다.

주체와 객체는 이왕이면 올 누드로 이야기를 하는 것이 제일 좋다. 우리가 친숙감을 느끼는 상대는 올 누드로 만난다는 사실을 명심하자. 아내나 연인, 동성 친구가 대표적인 경우이다. 서로가 알몸을 보이는 것이 점점 멀어지면 사람들은 영원과 영혼에 대해 생각하기 시작한다. 부모님들과 가장 친밀한 시절은 성징이 나타나기 전인 어린 시절이다. 그때는 알몸을 부모님이 관리해 주었다. 하지만 이곳은 일종의 영업장소이기 때문에 그럴 경우에 퇴폐업소가 될 가능성이 매우 커서 그것은 배제했다. 하지만 서로가 알몸으로 이야기를 나누고 싶다는 경우가 있다. 그런 상담을 원할 경우에는 가능하다. 이러한 점은 모두 공지되었다.

여기서 겪은 이야기를 여러분들과 나누고자 한다. 미리 말을 하지만 그리 대단한 이야기는 없다. 다만, 내가 살날이 얼마 남지 않았다는 사실이 좀 각별하다고나 할까. 이 집을 열지 않았으면 조금 더 살 수 있었을 것이다. 하지만 후회는 없다. 자 그럼, 손에 펜을 들고 우선 생각나는 손님부터 이야기한다. 기록되지 않으면 아무것도 남지 않으니 말이다.

양귀비꽃

"부자가 되고 싶습니다."

그날 소원을 들어주는 집에 찾아온 사람은 사십 대 중반의 남성이다. 그는 일단 이렇게 말하고, 잠시 뜸을 들였다. 나는 가만히 듣기만 했다. 나는 들어주는 사람이니까.

"부자가 되어서 돈 지랄을 하고 살고 싶어요. 돈으로 침대도 만들고, 돈으로 음식도 만들고, 돈으로 여자도 만들어 끼고 자고 싶습니다. 이제 다시는 근검절약 따위는 하지 않겠습니다."

거의 비명에 가까운 말이었다. 이런 경우엔 어떤 대답도 도움이 되지 않는다. 그에게 필요한 것은 돈이기 때문이다. 돈이라도 몇 백억 쥐여주면 모를까? 어떤 말이 그에게 위안이 되겠는가?

지금 사람들에게 필요한 것은 솔로몬의 지혜가 아니라, 솔로몬의 부귀영화다. 이런 식의 발상이 현실적이다. 비참한 것이다.

"지금 상황이 아주 어려운 모양이군요?"

"돈 따위는 아무것도 아니라고 생각하고 살았던 시절이 있었습니다. 불과 얼마 전까지만 해도 그랬지요. 하지만 이젠 정확하게 보입니다. 돈이면 다 되는 겁니다. 그게 이 사회를 지배하는 종교입니다. 에이, 씨. 그걸 이제야 알다니. 그래서 내 소원은 부자가 되는 겁니다. 돈으로 귀신도 부릴 수 있다는 옛말이 진리였습니다."

뭔가 독한 일을 당한 모양이다. 그는 이름만 대면 알 만한 중소기업의 사장이다. 특허를 낸 제품으로 지금 내가 사용하는 물건들 중의 하나를 만들어낸 주인공이기도 하다. 그는 며칠 전에 휘발유 통을 들고 자신이 살고 있는 저택에 불을 지르려고 했었다. 그가 왜 이런 이야기를 하는지 나는 이해할 수가 없었다.

문제는 재산 싸움이었다. 다 쓰러져가는 장인의 회사를 살리기 위해 컨테이너 박스에 기거하면서 회사를 기어이 살려 놓았다. 그러던 어느 날, 장인과 아내가 법정 소송을 벌인 것이다. 장인은 자신을 회사에서 몰아내기 위해, 아내는 집에서 몰아내기 위해 이혼 소송을 했다. 오랜 공방 끝에 결국은 졌다. 이미 아내는 모든 재산을 자신의 앞으로 해놓고, 아이들은 미국으로 유학을 보냈다. 그녀는 골프를 치러 가고 없었다. 말 그대로 기업체

사장에서 알거지가 된 그는 대문을 열고 들어가 거실에 휘발유를 부었다고 했다.

"담배를 한 대 피우고 그 불씨로 모든 것을 끝내려고 했는데…"

"일단 불은 지르지 않았군요."

"그놈의 양귀비꽃 때문에…"

"양귀비꽃이라고요?"

"아내가 좋아하는 양귀비가 거실의 창문을 통해 눈에 들어오더군요. 단 한 송이였어요. 대에 매달려 있는 양귀비꽃. 문득 이런 생각이 들더군요. 그래 나는 그때 죽을 목숨이었다."

"그게 무슨 말인지?"

"저는 지독하게 가난한 집안에서 태어나 명문 대학에 들어간 개천에서 난 용입니다. 경영학과에 입학해서 아내를 만났지요. 졸업을 하고 취업 준비를 하던 중에 제가 자취를 하던 반지하 방에서 연탄가스를 마시고 거의 죽을 지경이 되었는데, 아내가 발견하고 살려냈지요. 아내는 집안의 반대에도 불구하고 나를 사랑했지요. 그녀의 도움으로 졸업도 할 수 있었으니까. 그러다가 장인 회사가 부도가 나고, 내가 그걸 살려낸 겁니다. 그런데 이럴 수가 있는 건가. 너무 억울했어요. 부자가 되기까지 월세 방에서 시작해 지금 살고 있는 고급 주택으로 신분 상승을 했지요. 그때마다 따라 다닌 꽃이 바로 양귀비꽃입니다."

"꽃의 이름을 불러주는 순간 배신의 꽃이 되었다? 그것 참."

"담배를 거실에 떨어뜨리려다가, 문득 이 정도로는 안되겠다는 생각이 들더군요. 꽃을 보는 순간 더욱 더 배신감이 들었습니다."

그는 더 심한 복수를 하기 위해 일단 여기를 찾아온 것이다. 냉철하게 생각해서 완벽하게 회사와 장인과 아내에게 복수를 하자. 나는 일단 잘했다고 했다. 그리고 말했다.

"당신은 소원을 이룰 수 있을 겁니다."

"예?"

"물론 내가 이 자리에서 당신을 부자로 만들 수는 없습니다. 알라딘의 램프는 아니니까요. 하지만 그게 현실 아닙니까? 나는 들어주는 사람이지, 이루어주는 사람이 아닙니다. 그래서 이 집의 이름도 소원을 들어주는 집입니다. 나는 당신의 소원을 아주 잘 들었습니다. 그럼 된 겁니다."

나는 '당신은 현명한 사람'이라고 했다. 그것도 사실이다. 만약에 담뱃불을 던졌더라면 그는 결코 부자가 될 수 없다. 그저 허접한 패배자일 뿐이다.

"양귀비가 당신을 두 번 살렸습니다. 아내에게 감사하십시오. 그리고요, 그녀의 행동에는 뭔가 이유가 있을 겁니다. 악은 선으로 넘어가기 위한 문지방입니다. 곰곰이 생각해 보세요. 빈부격차, 사회비리와 법정의 불공정성은 이미 고대부터 이어져 오는 오랜 전통입니다. 그걸 딛고 일어서는 방법을 당신은 찾을 수 있을 겁니다. 그걸 아는 나이가 된 겁니다. 그래서 중년입니다. 어른답게 행동해야 하는 거지요. 어른의 특징이 뭔지 아십니까?"

"하고 싶은 걸 마음대로 하지 못하는 거지요. 나이가 들다 보니 그렇더군요."

"그래요. 하고 싶은 걸 하는 순간 아이러니하게 하지 못하게 되지요. 하지만 그 자리에서 정말 중요한 것이 무엇인지 보이는 겁니다. 그동안의 경험으로 잘 아시지 않습니까. 그것이 바로 삶의 비결이라는 걸 말입니다. 살 수 있는데 죽으려 하지 마십시오. 이제 시작입니다. 이제 당신은 부자가 될 겁니다. 우선 당신의 증오심을 활활 태워 버리시고 그 자리에 꽃 한 송이를 심으십시오. 그게 사는 겁니다. 항상 당신 옆에 있던 양귀비꽃처럼 말입니다."

상사화

사람을 사랑한다는 것은 일종의 질문이다. 어떤 경우가 되었건 간에 사람이 사랑을 하게 되면서부터 인생이 시작되는 것이다. 태어나면서 처음 만나 영원으로 이어지는 부모의 사랑과는 달리, 과연 남녀 간에 진정한 사랑이 가능한지는 아직도 사람들 사이에서 실험 대상이다. 그것은 일종의 가설이고 많은 사람들이 증명하려고 노력하고 있다. 남녀의 사랑이 어려운 이유는 그 사랑이 환경과 조건에 의해 결정되는 일이 많기 때문이다. 그래서 에로스에서 숭고미를 찾기가 힘들다. 그것은 열정이고 반복이고 실패이기 때문이다. 사랑에 실패하지 않는 사람은 없다. 그래서 우리는 모두 사랑의 패배자이다.

"꽃이 된 사람을 찾고 싶습니다."

그날 찾아온 손님은, 차분한 분위기의 여성은 배우 같았다. 과일 상자의 포장을 뜯지 않아도 사과인지 배인지 알아내는 것처럼, 음성이나 향기 혹은 얼굴의 선만으로도 미모의 여성이라는 것을 짐작할 수 있었다. 나는 천천히 말했다.

"좀 더 구체적으로 소원을 말씀하시지요. 그래야 소원을 잘 들어 드릴 수 있습니다."

그녀는 가볍게 헛기침을 하면서 대답했다.

"아, 그렇군요. 미안합니다. 갑자기 여기에 앉으니까 앞뒤 자르고 이야기를 하네요. 꼭 혼자 있는 것 같다는 생각이 들어서 말이지요."

"그렇습니다. 결국 소원은 자신에게 하는 말이기도 하지요. 하여간에, 꽃이 된 사람이라고 하시니까 연인을 만나고 싶다는 이야기로 들리는군요."

"예. 한때는 그런 사이였는데, 긴 세월 헤어져 있다가 최근에 다시 만났습니다."

"아, 꽃이 되었다는 말씀은?"

내가 재차 물어보자 그녀가 대답했다.

"그 사람…, 승려가 되어 있더군요."

이제야 이야기의 맥락이 잡힌다. 승려가 된 옛 남자친구를 찾고 싶다는 말이다. 하지만 이미 늦은 것이 아닐까? 그가 만약 진지한 수도승이라면 내가 근접할 수 없는 영적인 능력을 가지고 있을 것이다. 물론 땡추라면 여자가 접근하기 전에 접근하겠지만 말이다. 같은 옷을 입고 있어도 사람이 이렇게 다르다. 나는 그녀를 자세히 살펴보았다. 저 정도의 미모라면 비록 수도승일지라도 마음이 움직이지 않을까 싶다.

소원의 집에서 소원을 들어주는 시간은 삼십 분이다. 그녀가 말을 하는 순간부터 전자시계의 숫자가 움직인다. 벌써 오 분이나 흘렀다. 삼십 분이 지나면 암막 커튼이 저절로 내려간다. 설령 아프로디테가 온다고 해도 이 원칙은 깨지지 않는다. 시계를 보고 그녀가 본론을 꺼낸다.

"그래요. 시간을 아껴야 해요. 찾는 사람을 말씀 드릴게요. 이름은 서해문, 나이는 마흔세 살, 직업은… 승려입니다."

수도승을 사랑하는 여자가 자신의 사랑을 이루어 달라는 소원을 빌고 있다. 신들은 얼마나 피곤할까? 세상에 많고 많은 남자들 중에서 하필이면 수도승을 사랑하는 여자의 심리는 무엇일까? 그녀는 자신의 사연을 아래와 같이 말했다.

최근에 이혼을 하고 그 사람을 찾아 여행을 떠났어요. 부안에 있는 내소사로 올라가는 길에서 상사화를 우두커니 바라보고 있는 그 사람을 봤어요. 헤어진 지 십 년이나 지났는데 그 자리에서 바로 알아봤어요. 거두절미하고 그의 옆에 서서 물었어요.

"나 때문에 승려가 된 것인가요?"

그는 내 말을 듣고도 고개를 돌리지 않았어요. 스님은 상사화를 보면서 이렇게 말하더군요.

"이 꽃을 '중꽃'이라고 한답니다. 꽃과 잎이 서로 등져 있어서 서로 보지를 못해서 그런 건데요. 출가한 사람이 여인을 가까이 할 수 없어 그런 사연을 만들어 낸 것 같아요. 가만히 생각해 보니 제가 속가에서 만났던 한 여자의 모습을 그대로 빼다 박았어요. 하지만 꽃은 꽃일 뿐 그런 사연들이야 다 부질없는 거지요. 보살님은 어디로 가시는 길입니까?"

우리들의 대화가 참 우습더군요. 한 시절 뜨거운 사랑을 나눈 사이였는데, 헤어진 지 십 년 만에 만난 남녀가 선문답을 하고 있으니 말이지요. 그런데 말이에요. 그를 보는 순간부터 점점 더 그를 원하고 있다는 사실을 알게 되었어요. 우리가 헤어졌던 젊은 시절에 그 사람, 그때는 정말 앞이 보이지 않는 사람이었거든요. 연극배우를 한다고 했으니까 말이지요. 사실 동거까지도 했지만 솔직히 그 가난을 견디기 힘들었어요. 당신은 당신의 길을 가고, 나는 나의 길을 가야 되겠다고 했지요. 그게 그 당시는 최선의 선택이었다는 생각이 들어요. 그건 지금도 변함이 없어요. 아마 내가 계속 곁에 있었으면 그 사람 자살을 했을지도 몰라요. 너무나 예민하고 생각이 많은 사람이었으니까 말이지요.

해문은 아니, 스님은 잠시 저와 걷자고 했어요. 내가 떠나던 날을 선명하게 기억하고 있고, '당신을 이렇게 만났지만 이미 당신과 나는 한 세상을 다 살았기에 별로 아쉬운 것이 없다'고 하더군요. 그게 무슨 말이냐고 물었어요.

"보살님과 헤어지고 나서 이광수의 소설 〈꿈〉을 각색한 연극 공연을 했어요. 그 소설의 내용은 《삼국유사》에 나오는 일화를 바탕으로 합니다. 조신이라는 승려가 사랑하는 여인을 만나고 싶어 간절하게 기도를 하다가 잠이 들어요. 며칠 동안 잠도 안 자고 그 여인을 만나게 해달라고 했지요. 그렇게 지쳐 잠이 들었는데, 여인이 바로 옆에서 나도 당신을 사랑한다고 했지요. 승려와 신라 귀족인 여인은 도망을 치지요. 하지만 소원이 이루어진 그 순간부터 말할 수 없는 고생을 합니다. 그녀의 약혼자는 복수를 하겠다고 계속 추적을 하고, 가난한 살림살이 때문에 부부의 정 따위는 점점 멀어지지요. 결국 두 사람 사이의 자식마저도 굶어 죽어서 길바닥에 묻을 수밖에 없는 처지가 됩니다. 아들을 묻고 결국 부부는 헤어져 각자의 길을 갑니다. 그때 조신은 그토록 사랑했던 여자가 떠났는데 너무나 마음이 가벼워졌다는 겁니다. 그리고 잠에서 깨어나지요. 잠에서 깨어나 보니 법당이었고, 부처님이 미소를 짓고 자신을 내려다보고 있었다는 거지요. 당신이 떠나고 나서 한동안 나는 이 승려처럼 당신을 만나고 싶었어요. 그러다가 모든 것이 꿈이라는 생각이 들어서 진짜 공부를 하고 싶어서 출가를 한 겁니다. 결론적으로 내가 승려가 된 것은 실연을 한 청년이 좌절감에서 도피를 한 것이 아니라, 내 길을 걸어가기 위한 선택이었으니 보살님께서는 새삼스럽게 마음에 무거운 짐을 지실 필요가 없다는 거지요."

그는 이런 이야기를 하더군요. 그런데 저는 그 바보 같은 신라 귀족 여인처럼 살고 싶어요. 이제 다시 우리가 산다면 누가 복수할 사람도 없고, 지금 저는 경제적으로 상당히 안정적이니까 아들을 길바닥에 묻을 필요는 없을 겁니다. 저는 돈도 있고, 아직까지는 여성으로의 매력이 있다고들 하니까요.

그녀의 긴 이야기를 듣는 동안에 우선 그녀가 사십 대라는 사실에 놀랐고(완벽하게 삼십 대 초반으로 보였다), 두 번째는 어떤 깨달음을 주는 이야기도 욕망 앞에서는 설득력이 없다는 사실에 놀랐다. 승려가 그 이야기를 꺼낸 까닭은 분명하다. 당신과 인연을 맺을 수 없다는 뜻을 완곡하게 전한 것이다. 그런데 여자는 나에게 소원을 빌고 있다. 그와 인연을 맺게 해달라고 말이다. 나는 말했다.

"당신의 소원은 이루어질 겁니다, 분명히."

"정말인가요?"

아리송한 표정을 짓는 그녀를 향해 나는 단호한 어조로 말했다.

"그럼요. 당신은 그런 인생을 살아도 됩니다. 꼭 원한다면 말이지요."

"너무 쉽게 이야기하시니까…"

"아니요. 쉽게 이야기한 거 아닙니다. 그 남자는 아마 당신을 기다리고 있거나 당신 집 앞에서 기다리고 있을지도 모릅니다. 사람의 마음은 알 수 없으니까요."

"정말 그럴까요?"

"그래요. 그럴 겁니다. 이번에는 그 사람을 버리지 마십시오. 아니 버린다는 표현이 좀 거칠군요. 이제는 헤어지지 마십시오."

"어떻게 확신을 하시나요?"

나는 안도의 한숨을 내쉬는 그녀를 향해 말했다.

"지금 제 눈에 보이는 것이 있습니다. 아주 가끔 신통력이 나타나는데요. 그 남자가 당신을 부르는 소리가 들립니다. 어서 여기서 나가 그 사람을 찾아가십시오. 그는 꽃이 된 남자가 아닙니다. 당신이라는 꽃을 기다리는 사람입니다. 그리고 그동안 공부를 열심히 했다면 적어도 어떤 깨달음을 얻었다면 이제부터는 인생을 낭비하지 않을 겁니다. 어서 가세요. 부처님은 중생들이 서로 사랑하면서 살기를 원하십니다."

그녀는 고맙다는 말을 하고 방을 나섰다. 그 여자가 어떻게 그 남자를 다시 만났냐고? 그 사연은 다음에 기회가 있으면 말하겠다. 다만 한 가지는 이야기할 수 있다. 인생은 그리 만만한 게 아니다.

그녀는 돈과 미모 그리고 건강이 있는 사람이다. 적어도 도시에서는 이런 사람의 인생은 원하는 대로 된다. 그게 이 도시의 법칙이고 중요한 사실이다. 그리고 더 중요한 건 인생에 대한 자신감이다. 나는 그녀에게 자신감을 조금 주었을 뿐이다. 소원은 그 소원을 원하는 사람이 얼마나 간절한가에 따라 드라마처럼 이루어지기도 한다.

두어 달 후, 내 앞으로 한 송이의 꽃이 배달되었다. 그녀가 보내 준 활짝 핀 상사화였다. 나는 그녀와 함께할 그 스님이 부러웠다.

남천

"저…, 자살을 하려고 해요."

그날 찾아온 여성은 매우 단정하고 곱게 보이는 여자였다. 그녀는 대뜸 자살을 이야기했다. 그건 중요한 말을 꺼내기 전의 추임새일 수도 있다. 자살을 염두에 두고 있다면 뭔가 간절한 바람이 있을 수도 있기 때문이다. 내 짐작대로 그녀는 이야기를 이어갔다.

"남편과 이혼하고 싶어요. 그런데 남편은 절대 이혼만은 하지 않겠다고 하네요. 생각하다가 결국 내가 죽는 길밖에는 없다는 결론을 내리고 말았어요."

그녀의 말을 듣고 내가 질문했다.

"이혼을 하지 못해서 죽는다는 건, 이혼만 되면 살고 싶다는 이야기이기도 하네요?"

그녀는 고개를 끄덕였다.

"그냥 하는 말이 아니라, 구체적으로 계획을 세우고 있어요. 아이들 앞으로 이미 오 년 전에 생명보험도 들어 놓고, 사고사로 위장할 방법과 위치도 생각해 두었답니다."

금요일 밤은 신성한 시간이다. 그녀의 자살 이야기를 더 듣고 싶지 않아 내가 질문했다.

"그럼 제가 들어드릴 소원은?"

"이혼을 하게 해주세요. 다른 건 아무것도 필요 없어요. 그 사람에게서 벗어나기만 하면 돼요"

그녀의 소원은 이혼을 하는 것이다. 나 역시 이혼을 한 경험이 있지만, 타인을 이해한다는 건 가끔 산을 옮기는 것보다 힘들 때가 있다. 이들은 전형적인 쇼윈도 부부였다. 남편은 공사에 근무하는 반듯하고 건실한 중년남자다. 두 아들을 두었는데 모두 명문대에 진학했다.

그녀의 이야기를 들어 보니 우선 두 집안의 문화가 너무나 달랐다. 남편 쪽은 문화예술과는 담을 쌓고 사는 스타일이다. 책 사는 돈을 제일 아까워하는 스타일. 더불어 자수성가해서 재산을 모은 시댁 사람들은 모든 면에서 인색하고 각박했다. 반면에 그녀는 공연과 예술을 즐기고 책을 매달 한두 권 정도는 사는 여자였다. 책을 대하는 태도로 인성을 판단할 수도 있다.

그런데 단지 그것뿐일까? 그녀의 이야기를 들어 보니 남편은 아내에게 어떤 복수심이 있는 것 같았다. 그것이 이들 관계의 핵심이라는 생각이 들었다. 하지만 그녀는 뭔가를 숨기고 있다. 이런 경우에는 소원을 들어줄 수가 없다. 그녀는 자신의 신세한탄을 하면서 몇 번인가 울기도 했다. 가여웠지만 언어창살이 우리를 가로막고 있으니 손을 잡아줄 수도 없는 일이 아닌가? 나는 말했다.

"제 생각에 뭔가 중요한 이야기는 안하시는 것 같군요. 그 말을 해야 합니다. 제가 다음 주까지 시간을 드릴 테니 그때 다시 오셔서 이야기하시지요. 그럼 당신의 소원을 들어줄 수 있을 겁니다."

나는 변호사처럼 이야기했다. 의뢰인의 모든 걸 알아야 대책을 세울 것이 아닌가? 실제로 친구로 지내는 이혼전문 변호사 생각도 했다. 그녀는 눈물을 닦고 간단하게 거울을 보더니 아무런 대답도 안하고 일어났다. 나는 그녀의 등에 대고 말했다.

"자살은 삶에 아무런 도움이 안됩니다. 당신이 죽고 나면 남편은 어쩌면 기뻐할 수도 있어요."

그녀는 잠깐 멈칫하더니 등을 보인 채로 고개를 끄덕였다. 그리고 몸을 돌려 고해실의 창에 얼굴을 가까이 대고 조용히 말했다.

"그 사람 앞에서 자살을 할 생각도 했어요. 그럼 충격을 받지 않을까요?"

그녀는 나의 대답을 듣지 않고 나갔다. 설마 그런 행동까지. 인간은 궁지에 몰리면 극단적이라고 하지만 그녀의 태도나 눈빛으로 보아 망상증에 가까운 증상으로 보였다.

그녀가 다시 찾아오기까지 한 달 기간 동안 나는 가끔 뉴스에 신경을 썼다. '부부간의 불화로 극단적 선택을 한 주부 모씨, 이혼을 요구하며 남편 앞에서 자결!' 뭐 이런 식의 자극적인 뉴스를 두고 종편 프로그램에서 평론가들이 토론을 하지 않을까 싶기도 했다. 하지만 막상 뉴스를 보면 항상 더 자극적인 뉴스가 있을 뿐이었다. 세상이 날이 갈수록 어둡고 암울해진다는 생각이 들 때가 있다. 그렇게 시간이 지났다.

한 달이 지난 후, 투명인간이 되게 해달라는 소원을 말하는 사람에게 그것은 나의 영역이 아니라는 설득을 하고 심신이 피곤해져 있던 상태였다. 그가 나가자 잠시 눈을 감았다. 의자에 앉아 눈을 감고 잠깐 졸았던 것 같다. 그때 그녀가 화려한 의상을 입고 화장을 진하게 한 모습으로 나를 깨웠다.

"당신에게 말하지 못한 사실을 말하려고 왔어요. 사실은 제가 다른 남자를 만난 적이 있어요. 아이들의 미국 유학을 뒷바라지하려고 갔을 때, 만난 사람인데요. 그에게서 처음으로 여자로 태어난 기쁨을 느낄 수 있었어요. 모든 면이 남편과는 전혀 다른 사람이었어요. 그때 남편에게 이혼 이야기를 꺼냈어요. 우리는 지난 십 년간 전혀 섹스를 하지 않고 산 섹스리스 부부였으니까요. 남편이 휴가를 내고 캐나다에 와서 나를 설득해 다시 돌아왔지요. 결국 아이들 때문에 그런 선택을 한 거였고, 남편의 성실한 태도에 다시 한 번 시작하고자 했지만, 결국 그 일 때문인 것 같아요. 남편은 내가 행복해 하는 모습은 눈에 흙이 들어가도 받아들일 수 없다고 했어요. 그때부터 아마 내가 괴로워하는 모습만을 보려고 사는 사람 같았어요. 저는 그 사람에게 여자가 생기기를 간절히 바라고 있어요. 그런 소원은 들어줄 수 있지요? 부자에다 잘생긴 중년남자에게 여자가 생길 수는 있잖아요. 그것도 안되나요?"

나는 대답을 하려다가 눈을 떴다. 꿈인가 싶었는데 너무나 생생하다. 서둘러 전화기를 들어 그녀에게 전화를 했다. 전화를 받지 않는다. 덜컥 불안한 생각이 들었다. 그녀가 정말 자살을 한 것일까? 그때 메시지가 도착했다.

'선생님, 잘 견디고 있어요. 아마도 걱정이 돼서 전화하신 것 같은데 걱정 안하셔도 돼요. 마음을 고쳐먹고 살아보려구요. 그러다 보면 좋은 날도 오겠지요. 건강하시고, 제 말을 잘 들어주셔서 정말 고맙습니다. 사실 이런 말을 나눌 사람도 장소도 없었거든요. 다시 한 번 고맙습니다.'

나는 그래도 불안해서 통화를 시도하려고 했지만, 그녀는 남편과 함께 있다는 메시지만을 보냈다. 그러자 비로소 안심이 되었다. 몽환적인 상태에서 그녀에게 들었던 말은 내가 상상해 낸 것일 수도 있다. 기러기 아빠들의 애로사항 중의 하나니까 말이다. 하지만 그건 나의 잘못된 상상일 수도 있다. 바람을 피운다거나 성적인 문제가 아닌 다른 근본적인 문제가 있을 수도 있으니까 말이다. 그건 두 사람의 몫이다.

거실에 있는 남천을 바라보았다. 지난겨울에 한기를 견디지 못하고 얼어 죽은 줄 알았는데, 봄이 되자 밑동에서 가지가 올라오더니 한여름이 되자 무성한 잎을 피우고 있다. 이미 말라죽은 마른 가지와 죽은 잎과 파릇한 생명이 공존하는 강력한 생명의 나무였다. 우리들의 일상은 특히 부부 관계도 노력한다면 저 남천처럼 되살아날 수 있을 것이다. 그 방법은 부부인 두 사람이 찾아야 하지 않을까? 나는 오랜만에 나의 그녀를 찾아 심야에 외출했다.

호박꽃

오늘은 이상한 사람이 찾아왔다. 흰 수염을 기른 노인이었는데, 깊은 산속에 사는 신선과도 같은 모습이었다. 노인은 자리에 앉으면서 주위를 둘러보고는 나에게 말했다.

"너의 소원은 무엇이냐?"

갑작스러운 일이었다. 나는 소원을 들어주는 사람인데 나에게 소원이 무엇이냐고 물어보는 이 사람은 누구인가. 나는 언어 창살 너머로 보이는 노인의 모습을 바라보았다.

"저 어르신… 이건 입장이 바뀐 것 같습니다. 거기에서 저에게 소원을 말씀하시면 됩니다."

나의 말을 듣고 노인은 피식 웃으면서, 아니 콧방귀를 뀌면서 말했다.

“내가 말하면 네가 그놈의 귀로만 들어준다는 것 아니냐? 잘 들어주면 그것이 결국은 이루어진다는 말도 안되는 말이 아니냐.”

“예, 그렇습니다. 사실, 모든 문제는 당사자가 해결하는 것이기 때문입니다. 자신이 무엇을 원하는지 잘 알고 노력하면 이루어지지요.”

“그럼 다시 젊은 시절로 돌아가게 해다오.”

“아, 예…. 왜 그런 생각을 하시는지요?”

“그건 알 것 없고, 빨리 젊은 시절로 돌아가게 해다오.”

“어르신, 젊다는 건 말입니다. 잘 아시겠지만…”

“시끄럽다.”

노인은 버럭 화를 내면서 생트집을 잡는 사람처럼 보였다. 그래서 나는 다만 소원을 들어주는 사람, 즉 타인의 말을 경청하는 사람이고, 서로 대화를 통해서 그 소원을 스스로 이루게 해준다고 설명했다. 그러자 노인이 콧방귀를 뀌면서 말했다.

“그게 뭐냐, 장난치는 거냐? 사람들의 이야기를 잘 들어주기만 하면 뭐 하냐, 그걸 이루어주어야지.”

“아, 그건 말입니다. 그렇게 간단한 문제가 아닙니다. 사람이 진정으로 자신의 이야기를 하면… 스스로 갈 길을 찾아가기 때문입니다.”

“그게, 문제라는 거다. 정말 그렇다고 생각하냐? 그렇다면 지금 저 세상에서 고통 받고 있는 사람들은 다 뭐냐? 에이… 요즘 사람들은 마법의 세계를 잃어버렸어…"

노인은 잠시 무슨 생각을 하더니 나에게 말했다.

"쓸데없는 소리 말고, 이제 너의 소원을 나에게 말해 보아라."

나는 이 엉뚱한 노인을 어서 쫓아내고 싶었다. 그래서 말했다.

"사람들이 말하는 소원을 정말로 이루어주는 사람이 되게 해 보세요."

내가 말을 하자 노인이 말했다.

"더 간절하게 말해라. 정성이 없다."

이런 식으로 서너 번의 대화가 오고 갔다. 나중에 나는 온몸으로 말을 하는 것처럼 간절하게 말했다.

"…"

노인은 아무런 대답도 하지 않았다. 나는 다시 한 번 노인을 불렀다. 그러자 언어창살 뒤에서 신비스러운 목소리가 들려왔다. 그건 조금 전까지 대화를 나누던 노인의 목소리가 아니었다. 시공간을 초월한 상태에서 방향성이 느껴지지 않는 천상의 목소리였다. 노인이 말했다.

"너는 이제 마법의 능력을 얻었다. 사람들의 소원을 들어줄 수가 있다. 단 세 번만 가능하다. 너의 능력을 잘 사용하도록 해라."

나는 그 목소리를 향해 물었다. 그건 정말 궁금한 일이었다.

"그 세 번 중에 내 소원도 들어갑니까?"

"아직… 세 번 남았다. 너를 제외한 한 사람에게 한 번씩 이루어지는 거다."

나는 아무런 대답도 하지 못했다. 그때는 노인의 존재를 전혀 믿지 않았기 때문이다. 하지만 노인이 신비스러운 존재로 여겨지기 시작하자, 내가 마법사처럼 사람들의 소원을 들어주는 힘이 있다는 사실을 알게 되었다.

물론 아무런 대가도 없이 이런 일이 벌어졌다는 사실에 처음에는 믿을 수가 없었다.

그 노인은 그 뒤로 나타나지 않았다. 그는 내가 세 번째 소원을 들어주는 날 나타나서 내 목숨을 거두어 갈 것이라고 했다. 처음엔 장난처럼 시작했는데, 왠지 진짜 같다는 생각이 들었다. 타인에게 세 번의 도움을 주고 죽어야 하는 운명이라니 그리 좋은 것 같지도 않다. 노인은 말했다. 너와 같은 사람이 이 도시에 또 있다고 말이다. 살아 있는 동안 능력을 잘 이용하라고 했다. 좋은 일 나쁜 일을 따지지 말고, 꼭 필요하다고 생각하는 사람에게 들어주라고, 그래서 죽을 때 여한이 남지 않게 하라고….

노인이 이런 말도 했다.

"이제부터 너는 호박꽃이다."

호박꽃이라니…, 무슨 뜻이냐고 물었다. 노인이 말했다.

"사람들은 호박꽃을 관상용으로 키우지 않는단 말이다. 오로지 호박을 먹기 위해서 꽃이 피고 지는 거다. 너 자신의 영광을 위해서 살려고 하는 순간, 호박꽃이 장미나 백합이 되려고 하는 것과 같단 말이다. 생각해 봐라, 화원에서 자라고 있는 호박꽃을…. 얼마나 우스운 일이냐? 사람이나 꽃이나 있을 자리가 있는 거다. 너는 이제부터 오로지 남을 위해서만 살아라. 너는 그런 인생을 지금 선택한 거다. 그동안 사람들의 소원을 경청하고 그 사람들에게 도움이 되는 너의 모습을 나는 지켜보았다. 이제 너에겐 정말 중요한 일을 할 수 있는 능력이 생겼다. 한 번도 아니고 두 번도 아니고 세 번이다. 이건 보통일이 아니야. 사람들은 대부분 한 번도 소원을 이루지 못하고들 이 세상과 하직하는 법이다. 너는 너의 소원을 이루었고, 또 소원을 베풀어 주는 사람이 되었다."

생각해 보니, 노인의 말이 맞긴 맞는데 뭔가 좀…, 찜찜한 기분이 들었다. 이것이 저주인지 축복인지도 잘 구분이 되지 않는다.

"정말로 타인의 소원을 세 번 들어주면 제가 죽는 겁니까?"

"아…, 아직도 나를 믿지 못하느냐?"

"그게 아니라, 확인하고 싶어서요. 중요한 일 아닙니까?"

"그렇다. 그 소원을 들어주고 이십사 시간 후에 너는 이 세상을 떠나야 한다."

"그렇군요."

"앞으로 잘 살아라. 인생이라는 것이 참 알 수 없는 것이다. 하여간 너는 이제 마법사가 되었다. 우리들의 세상으로 들어온 것을 환영한다. 이걸 받아라. 이 보석은 세 번의 소원을 이루어 주는 물건이다. 뭐, 큰 의미를 두지는 말아라. 물건이라는 것은 그저 물건일 따름이다. 이 보석을 잘 간직하고, 잘 써라."

"하여간…. 고맙습니다. 소원을 들어주셔서."

그날 노인은 연기처럼 사라졌다. 내 눈앞에서 안개처럼 피어오르더니 사라져 버렸다. 노인이 그 자리에서 신비롭게 사라지고 나서야 나는 정말 마법사가 되었다고 믿고 있었다. 아직 그 능력을 확인하지는 않았지만 말이다. 나는 서로 색이 다른 보석을 내려다보았다. 인간의 생명처럼 그것은 스스로 빛을 내고 있었다. 아름다운 세 개의 돌이다.

그래서 첫 번째로 내 능력을 사용할 때를 기다리는 중이다. 만약에 정말로 내가 사람들의 소원을 들어줄 수 있다면 무엇을 해야 할까? 그것도 큰 고민이었다. 어떻게 소원이 이루어졌는지를 확인할 것인가? 가장 간단하게 바로 그 자리에서 알 수 있는 것! 그런 소원을 들어준다면 나의 능력을 확인할 수 있을 것이다. 처음 소원이 이루어지는 사람은 말 그대로 얻어 걸리는 행운아이다. 그가 과연 누구일까? 다음 주에 찾아올 손님에게 시험을 해보아야겠다. 그가 누군지는 모르지만 정말 행운아다.

나팔꽃

오피스텔 1층에 있는 편의점은 건조하다. 간혹 일상품을 사기 위해 편의점에 들어갈 때 느끼는 감정인데, 편의점은 사막처럼 건조하다. 아이러니한 것은 사막과 같이 건조한 그곳에서 우리들이 필요로 하는 거의 모든 것을 사고판다는 것이다. 일종의 도시 속에 있는 오아시스와 같은 곳인데도 사막처럼 건조하다. 이런 장소에 익숙해진다는 것은 감정이 메말라버린 상태로 생을 이어간다는 것이다. 그 편의점에는 실종된 아이를 찾는 전단지가 오랫동안 붙어 있었다. 내가 이사를 올 때부터 지금까지 항상 그 자리에 붙어 있었다. 사막에 선인장처럼.

그것이 슬픈 일인데도 눈물은 나지 않는다. 온몸이 건조해졌기 때문이다. 오늘은 저녁을 먹고 산책을 했다. 산책은 기분을 환기시키고, 몸속에 메말라 버린 수분을 채우는 일이기도 하다. 오늘 예약한 손님은 또 어떤 소원을 말할 것인지 잠시 생각했다. 자정이 되자 그는 그림자처럼 나타났다. 그는 편의점을 여러 개 운영한다고 자신의 신상을 밝혔다.

"이십오 년 전에 실종된 아이를 찾고 있는데요. 그 아이의 소식이라도 알 수 있을까 해서요. 실종 당시에 다섯 살이었으니까, 이제 서른 살이 되었군요. 만약에 살아 있다면 말입니다. 지금까지 아무런 연락이 없군요. 그 아이가 살았는지… 아니면, 하여간 그 아이가 어떻게 되었는지 알았으면 정말 좋겠습니다."

프린트한 백발 사내의 신상을 펼쳐 보았다. 63년생이니까 그리 늙었다고 할 수는 없는 나이인데, 열 살은 더 들어 보였다. 얼굴엔 주름이 가득했고, 어깨는 한쪽으로 휘어 있는 듯했다. 다만 눈빛이 형형한 것이 남달랐다고나 할까. 아, 이 소원을 들어주어야 하나, 아니면 그와 대화를 나누면서 말만 들어주어야 하나, 잠시 망설였다. 그는 내가 잠시 침묵하고 있자, 말했다.

"저기…, 제 이야기 듣고 계시지요?"

"그럼요. 마음이 아파서… 잠시 말을 쉬고 있습니다."

나는 비록 이혼을 하고 전처가 아이를 키우고 있지만, 그의 이야기를 듣자 아이 생각이 나서 가슴이 아팠다. 그렇다. 중년을 넘기고 나서 타인의 아픔에 반응하는 속도가 조금 빨라졌다. 특히 자식에 대한 이야기가 그렇다. 그는 이야기를 계속했다.

"고마운 말씀이군요. 선생님하고 이야기를 하고 나면 마음이 편해진다는 이야기를 듣고 찾아왔습니다. 사실, 이 소원이 이루어지리라고는 생각하지 않습니다. 선생님 생각대로 이 답답한 마음을 잘 들어주는 집이 있다는 것도 고마운 일이지요. 부처님, 예수님, 마호메트에게 다 빌었으니까요. 그동안 아이를 찾으려고 발광을 하면서 살았던 것 같습니다. 그동안 어떤 신도 저의 소원을 들어주지 않았습니다. 제가 편의점을 하는 이유는 그곳에 그 아이가 찾아올 확률 때문입니다. 전국에 스무 개 정도의 편의점을 운영하고 있습니다. 한 번씩만 둘러보아도 한 달은 금방 갑니다. 여기저기 도로에 현수막을 설치하고, 전단지는 수도 없이 돌렸지요. 편의점에는 그 아이를 찾는 전단지를 두 장씩 붙여 두고 있습니다. 그 사이에 참 많은 일이 있었는데요…, 그래도 아이는 돌아오지 않았습니다. 이제는 아이라고 할 수도 없겠지요."

나는 그의 이야기를 듣고 심각한 고민에 빠졌다. 나에게는 이제 능력이 있다. 그의 소원을 진짜 이루어줄 수가 있기 때문이다. 하지만 과연 그 소원을 들어주어야 하는 것인지는 쉽게 판단이 서지 않았다. 나는 말했다.

"그 아이를 찾는다면, 아니 근황을 알게 된다면 뭐가 달라질까요?"

너무 잔인한 말인가 싶었지만, 그게 궁금했다. 그는 잠시 침묵했다. 나는 문득 그가 화를 내는 것은 아닌지 불안했다. 갑자기 화를 내면서 난동을 부릴 수도 있는 일이 아닌가? 하지만 그는 화를 내지 않았다. 대신에 깊은 한숨을 내쉬면서 말했다.

"오늘 오후에 산책을 하면서 나팔꽃을 보았습니다."

그는 전혀 엉뚱한 말을 했다. 나는 '나팔꽃이라고요?'라고 되물었다. 그는 말했다.

"그래요. 나팔꽃 말입니다. 그런데 그 나팔꽃은 화단에 피어 있는 것이 아니라, 화단 아래 보도블록 사이에 피어 있더군요. 화단에 있는 씨앗이 떨어져 핀 것처럼 보였습니다. 씨앗의 생명력은 참 대단하지요. 내 아이도 그런 나팔꽃처럼 분명히 어딘가에서 살고 있을 것입니다. 그걸 알고 싶은 거지요. 세상에는 우리가 알 수 없는 일들로 가득하지 않습니까? 그때 친구에게서 전화가 왔습니다. 오늘 이곳에 예약을 해두었다고 말이지요. 죽마고우인 그 친구는 평생을 함께하고 있는데요, 이곳에 가서 선생과 의논을 하면 아마도 어떤 답이 나올 수도 있지 않겠냐고 하더군요."

나팔꽃이라, 그는 나팔꽃을 통하여 잃어버린 자식의 모습을 대신해 보고 있었다. 그의 간절함을 잘 알 수 있을 것 같았다. 나는 그에게 말했다.

"저는 이혼을 하고 아이와 헤어져 살고 있습니다. 전처가 키우고 있지요. 선생의 말을 듣고 보니, 곁에 있는데도 자주 보지 못하고 살고 있습니다. 마음만 먹으면 금방 볼 수 있는데도 말이지요. 몇 달 전에 보고 왔는데, 어쩌면 결혼을 할 수 있다고 말을 하더군요. 이제 스물다섯 살인데 조금 이른 것이 아닌가 싶은데…"

"그래서 반대를 하셨나요?"

그는 내 이야기를 듣고 즉각 반응을 했다. 나는 말했다.

"아니요. 반대를 할 입장도 아니지만, 왠지 섭섭해서 아무 말도 못하고 말았습니다. 그게 좀 마음에 걸리는군요."

"정말 부럽습니다. 이런 이야기를 나눈다는 것이 얼마만인지 모릅니다. 내 처지를 알고 내 주위에 있는 사람들은 절대 자식에 대한 이야기를 하지 않는 것이 불문율처럼 되어 버렸지요. 친척들은 물론이고 말이지요. 친구들까지도 그래요. 얼마 전에 조카아이가 결혼을 했는데도, 초대를 받지 못했습니다. 물론 나에 대한 배려라는 것을 잘 알고 있지요. 하지만 섭섭하더군요. 그 아이가 나를 무척 따랐는데 말입니다."

문득 그의 아내가 어떻게 견디고 있는지 궁금했다. 아내에 대한 이야기를 물어보자, 그는 역시 침착하게 말했다.

"딸아이가 실종된 지 오 년쯤 지나서 시름시름 앓다가 세상을 떠났습니다."

"아, 그렇군요. 죄송합니다."

"아닙니다. 그저… 다들 그런 말을 하는데 괜찮습니다. 아주 오래된 일인데 가끔 아내의 꿈을 꿉니다. 아내가 꿈에 나타나 나에게 물어보곤 하지요. 아이는 찾았냐고 말입니다."

"아…"

나는 탄식했고, 그는 말했다.

"그럼 제가 아직 못 찾았다고 말을 해야 되는데, 꿈에서 그 말이 나오지 않아요. 말을 하려고 애를 쓰다가 잠에서 깨곤 하지요. 그런 날들이 지금까지 이어집니다. 그리고 사실은… 며칠 전에 또 아내가 나타나더군요. 이제 저도 살날이 얼마 남지 않은 것 같기도 하고."

"아니, 그게 무슨 말씀이신가요?"

그의 병색이 완연한 얼굴을 보았다. 그의 말대로 그는 금방이라도 쓰러질 것 같았다. 그렇다면 이것은 그가 이 세상을 떠나기 전에 마지막으로 원하는 소원이라는 말인가?

"저는 암 환자입니다. 의사의 말대로라면 저는 이미 이 세상 사람이 아닙니다. 몇 달 전에 죽었어야지요. 하지만 이렇게 버티고 있습니다. 요즘은 그런 생각도 한답니다. 아내가 나타나서 그 아이의 소식을 전해 주기를… 아니면 내가 아이의 소식을 그녀에게 전해 주기를."

"아, 정말 힘들게 사셨군요."

"이 세상에 누군들 편하게 살겠습니까. 제 이야기 잘 들어주셔서, 정말 고맙습니다. 소원을 들어주는 사람이라는 말이 맞군요. 마음이 조금 좋아집니다. 자, 그럼 이제 일어나겠습니다. 고맙습니다.”

“저… 잠깐만요?”

어떻게 할 것인가? 타인의 소원 세 번을 들어주면 나도 세상과 작별이다. 한 번을 이제 써야 할 것인가? 너무도 빨리 왔다. 어떻게 할 것인가? 어떻게 할 것인가? 어떻게 보면 그의 소원은 매우 단순한 것이다.

그는 돈도 명예도 원하지 않았다. 오로지 자신의 딸을 보고 싶다는 마음뿐이었다. 이것은 우리들이 항상 누리고 있는 가족 관계일 뿐이다. 하지만 어떤 사람에게는 온 재산을 다 바치고도 남을 일이 되기도 한다. 이런 식의 가치관이 아직까지 유지되고 있다는 것은 얼마나 좋은 일인가. 하지만 그를 생각하면 허허벌판에 초가집 하나 짓고 사는 일처럼 쓸쓸한 기분이 들기도 한다.

왜 남들이 다 누리는 일에 그는 다른 이에게는 결코 일어나지 않을 천재일우의 기회를 쓰려는 것일까? 바로 그 점이 나를 움직였다. 나는 일단 그에게 소원을 들어주겠다고 했다. 그리고 삼일 후에 그를 다시 만나기로 했다. 그의 간절한 마음이 나의 눈에 확연하게 보였기 때문이다. 사람의 마음이 보인다는 것, 그것은 책을 읽는 것과는 다르다. 그것은 마음을 움직이게 하는 힘이 있다.

나는 노인이 나에게 준 세 개의 보석을 꺼내 들었다. 푸른색, 붉은 색, 검은 색의 보석이었다. 나는 첫 번째 푸른색의 돌을 꺼내 두 손바닥 사이에 놓고 기도하는 자세를 취했다. 그의 소원은 이제 이루어졌다.

"정말 저기에 있습니까?"

"그렇습니다. 많이 떨리시지요?"

"정말 고맙습니다. 저는 여기에 오는 동안에도 선생의 말을 믿지 않았습니다. 죄송합니다. 그런데 이제는 이상하게 확신이 생깁니다. 저기에…, 저 집 안에 있단 말이지요."

그는 딸이 살고 있는 집을 바라보고 있었다. 그 집은 파주에 있는 게스트하우스였다. 요즘 유행하는 타운 하우스였다. 그는 자신의 딸이 제법 근사한 집에 살고 있다는 사실을 알고는 그 자리에서 털썩 주저앉았다.

"이제 됐습니다."

"빨리 가서 만나 보셔야지요?"

"…"

그는 아무런 말도 하지 않았다. 숨도 쉬지 않는 것처럼 그 자리에서 일어날 생각을 하지 않았다. 나는 걱정스럽게 그의 어깨에 손을 얹었다. 어깨가 떨리고 있었다. 감정이 휘몰아쳐 흐느끼고 있는 것인지 그는 아무 말도 하지 않았다. 나는 그의 옆에 쪼

그리고 앉아 담배를 꺼내 물었다. 그는 말했다.

"그냥 갑시다."

"예?"

그는 고개를 들 생각도 하지 않고 말했다. 너무 작은 목소리로 말해 내가 뭔가 잘못 들은 것은 아닌지 의심스러웠다. 그는 다시 말했다.

"그냥 가야겠습니다. 선생, 정말 고맙습니다."

"아니, 그러시면, 제가 참…"

"선생의 고마운 마음에 보답을 해야지요. 세상에 공짜는 없는 법입니다. 이제 제 재산을 다 정리해서 반은 선생에게 드리겠습니다. 꽤 큰돈이 될 겁니다. 그리고 반은 저 아이에게 전해 주십시오. 선생은 믿음이 가는 사람입니다."

"아니, 그건 그렇구요. 따님 얼굴을 보셔야지요. 지난 이십오 년간 그토록 그리던 얼굴 아닙니까. 어린아이에서 건강하고 밝은 미녀로 변했습니다. 그리고 단란한 가정도 이루고 있습니다. 그걸 보셔야지요."

그렇다. 그의 딸은 다행스럽게도 건강하게 살고 있었다. 다만 어떤 사연으로 어린 시절에 입양이 되어 한국에 돌아온 지 일 년이 채 되지 않았다. 그녀는 우리말을 할 줄 몰랐다. 그녀는 미국에서 만난 재미교포와 결혼해서 고국으로 돌아왔다.

고급 호텔의 셰프인 남편과 아들 하나를 두고 있었다. 아들은 이제 겨우 돌이 지난 갓난아이였다. 비록 그녀는 자신의 부모를 기억하기 힘든 나이에 입양을 가서 성인이 되어 돌아왔지만, 어렴풋하게 부모에 대한 기억을 하고 있었다.

나는 그녀를 먼저 만났다. 그녀는 처음에는 의심스러운 눈치를 보이다가 그가 나에게 전해 준 자신의 사진과 그동안 딸을 찾기 위해 아버지가 한 노력 등, 여러 가지 정황을 이야기하자 폭포 같은 눈물을 흘렸다. 그녀는 자신이 한국에 돌아온 이유가 이런 일이 기다리고 있기 때문이라고 말했다. 작년부터 간절하게 생각이 난다는 것이었다.

일이 순조롭게 풀리려고 해서인지 남편이 한국 고급 호텔의 셰프로 발령이 나서, 자연스럽게 일이 성사된 것이다. 사실 나는 운명 따위는 믿지 않는다. 내가 사람들의 소원을 듣고 느낀 점은 운명은 항상 인간을 파괴한다는 사실이었다. 하지만 간혹 이런 운명도 있다. 한 사람의 간절한 마음이 우주의 기운을 받아서 이루어진 것일까? 논리적으로는 전혀 설명할 수 없는 일이었지만, 그것은 사실이었다.

옆에서 이야기를 듣고 있던 남편은 자신이 할 수 있는 최고의 요리를 대접하겠다고 했다. 그래서 저녁시간에 두 사람이 만나게 했다. 무려 25년 만에 부녀가 함께하는 만찬이다. 그런데 그가 자리에 주저앉아 일어나질 않는다. 바로 그때였다. 어눌한 목소리가 하늘에서 들려왔다. 그래, 그것은 하늘에서 들려오는 천사의 음성과도 같았다.

"아…버지, 아버…지!"

그리고 부드러운 손길이 그의 어깨에 닿았다. 그가 고개를 들었다. 저녁놀이 지고 있는 한강의 붉은 기운이 부녀의 얼굴을 강물처럼 적셨다.

"어어…어어…"

무엇이 그의 말문을 막았을까? 그는 어어…거리면서 자리에서 일어나 그녀의 얼굴을 자세히 바라보았다. 아버지를 기다리던 그녀가 시간이 되자 밖에 나온 모양이었다. 그녀는 정말 아름다운 여인으로 성장했다. 아버지와 함께 있으니 내 마음의 어딘가를 가을바람이 스치고 지나가는 느낌이 들었다. 낙엽처럼 무엇인가 뚝 떨어지는 기분이 들었다. 그것은 아마도 안도감이 아니었을까. 어찌 되었건 두 사람이 만났다.

그는 거친 손을 들어 딸의 얼굴을 감싸고 자세히 바라보다가 기어이 울음을 터트리고 말았다. 여인의 얼굴에는 다섯 살짜리 딸아이의 눈과 코, 입술이 고스란히 남아 있었다. 그가 딸에게 처음 한 말은 '미안하다, 미안하다'였다. 그녀는 이미 폭삭 늙어버린 아버지를 포옹하고는 아무런 말도 하지 못하고 있었다. 그것을 지켜보는 남편의 듬직한 어깨도 약간 흔들리면서 두 사람을 부축하고 있었다.

그들은 나에게 같이 식사를 하자고 했지만, 나는 중요한 약속이 있다는 말로 둘러대고 그 자리를 빠져나왔다. 그래야만 할 것 같았다. 그들에게 1초는 지난 25년의 세월보다도 소중한 것이었다. 나는 정말 기분이 좋아졌다. 며칠이 지난 후, 그의 전화를 받았다.

"선생, 정말 고맙습니다. 나에게 이런 일이 일어나다니 지금도 믿어지지 않는군요. 저는 그동안 세상을 너무나 원망하면서 살았습니다. 그런데 이제는 그런 마음이 다 녹았습니다. 저는 이제 얼마 살지 못할 것입니다. 딸아이와 함께 지내고 있습니다. 사위가 워낙 좋은 사람이더군요. 그리고 마지막으로 부탁드리겠습니다. 저의 재산을 저보다 더 불쌍한 사람을 위해서 잘 사용해 주시길 바랍니다. 얼마나 어려운 사람이 많이 있습니까? 저는 알고 있습니다. 나보다 더 가여운 사람이 많다는 사실을 말입니다. 선생이 그들의 소원을 다 들어줄 수는 없을 겁니다. 하지만 그들이 소원을 이룰 수 있도록 도와주시길 바랍니다."

이제 겨울이 올 것이다. 올 겨울은 매우 추울 것이다. 그들에게 따뜻한 모닥불과 같은 일들이 많이 일어나기를 오랜만에 바라본 밤하늘의 별에게 빌었다. 별은 멀리 있지만, 간혹 옆에 있는 사람보다 더 가깝게 느껴진다. 그때가 그랬다.

들국화

가을빛이 깊어갈수록 풍경은 서러워진다. 단풍 든 풍경을 바라보면 이제는 시간이 얼마 없다는 애잔한 마음이 들기도 한다. 이럴 땐 어딘가로 가야 하지 않을까? 더불어 시내 한가운데 있는 내 집, 즉 소원을 들어주는 집도 다른 곳으로, 어디 한적한 시골이나 산속으로 옮기면 어떨까 하는 생각이 들었다. 겸사겸사 오랜만에 여행 가방을 들고 집을 나섰다. 좁은 공간에 오래 있으면 저절로 격리가 되는 느낌이 사람을 힘들게 한다. 요즘엔 독거인들이 들풀처럼 피어 있다. 소렌토에 시동을 걸고 막 출발을 하려고 하는데, 스마트폰이 울렸다.

"너 시간 좀 있니? 많이 바쁠 텐데 말이야."

하, 정말 오랜만에 막내 고모님에게 전화가 왔다. 거의 연락을 하지 않고 지내는지라 당황스러웠다. 나는 자동차의 시동을 멈추고 주차장에서 전화를 받았다. 내용은 간단하지만 사연이 복잡했다. 고모님이 허리를 다쳐 입원을 하는 바람에 같이 지내는 큰고모가 걱정이 돼서 전화를 하신 것이었다. 큰고모와 막내 고모는 두 분이 함께 사신다. 당신이 집에 없으니 불안하다고, 잠깐 들러서 안부라도 확인하라고 간곡히 말씀하시는데, 목소리에 기력이 없어 보였다. 두 분은 독거노인들이 주로 입주하는 임대아파트의 11층에 살고 있었다. 겨우 찾은 아파트 주차장에 주차를 하고 초인종을 눌렀다. 초인종을 누르자 문이 열리면서 큰고모의 목소리가 들렸다.

"아이고, 뭐 번거롭게 여길 다 오고 그래. 그나저나 너도 재혼을 하지 그러니. 얼마나 됐지, 헤어진 지?"

"아, 예. 허허."

나는 허허거리곤 안부를 여쭈었다. 큰고모는 성공한 자식에 대한 자부심이 대단했다. 고모 역시 젊어 이혼을 하고 홀로 외동아들을 길렀다. 그는 대기업에서 승승장구하는 것으로 나는 알고 있었다. 사촌들과는 연락을 안하고 산 지가 벌써 오 년, 아니 칠 년은 넘은 것 같다. 할머니, 할아버지가 돌아가시고 나서는 집안의 구심점이 사라져 이젠 때가 되어도 잘 모이지 않는다.

별로 보고 싶지도 않고 궁금한 것도 없었다. 하지만 큰고모님에 대한 애정은 각별하다.

가족은 떠나고 싶지만 이미 되돌아와 곁에 있는 그림자 같다. 그림자를 떼어내고 싶어들 하지만, 그것은 불가능하다. 결국 세상과 작별하는 순간에 유기적인 관계가 끝날 뿐이다. 세상을 떠나고 나서도 그것은 영혼으로 연결된다. 가족은 태초이고 종말이다.

그것은 유기적으로 결합되어 있다고 여기지만, 세상의 어떤 무기물보다도 단단하게 굳어 있다. 그렇다고 죽어 있는 것도 아니다. 바위처럼 혹은 콘크리트 철근처럼 묵직하게 자리 잡고 있지만, 때론 날고 있는 새에게서 떨어져 나온 깃털이나 나비 날개처럼 가벼워서 어디론가 풀풀 날아가고 있다.

가족들 간에 돌덩어리처럼 단단하게 응어리진 이야기 하나 품고 살지 않는 사람들이 있을까? 아버지, 고모, 이모, 그리고 외할머니, 할머니, 할아버지. 마치 장군의 갑옷처럼 한 인간을 규정하면서 감싸고 있는 그 무거운 옷을 벗어버리고 싶을 때가 있기는 하다. 하지만 죽어서도 그 옷을 벗지는 못한다.

나는 생모의 얼굴을 모른다. 어떤 사연인지 어머니는 나를 낳고 아버지와 헤어졌고, 나는 계모의 손에서 자랐다. 그 시절에 고모님은 마치 친엄마처럼 나를 돌보아주었다. 나를 보고 가엾다면서 돌보아주던 기억이 아직도 선연하다. 문득 가슴이 먹먹해졌다. 이분이 이제는 마른 꽃처럼 여위었다. 어린 시절 계단에서 떨어지는 사고를 당해 척추장애 꼽추로 평생을 사셨다. 하지만 여성으로서 아름다웠고, 지금도 아침에 일어나서는 꽃단장을 하시는 분이다. 고모는 자리에서 일어나면서 말했다.

"우리 석종이가 아주 성공을 해서 미국에 갔지 뭐니. 날더러 들어오라고 하지만, 내가 다 늙어서 거기 가서 뭐하니. 잠깐 기다리거라. 차라도 마셔야지."

나의 만류에도 불구하고 큰고모님은 믹스커피를 한 잔 잔에 담아서 방바닥에 내려 놓으셨다. 그러고는 나를 보시더니 불안한 눈빛으로 말했다.

"그런데 댁은 누구슈?"

"고모님, 접니다, 저."

"누구신데 여기에 계시는 거유?"

노망, 큰고모는 노망에 드셨다. 나이가 드니 잊어버리는 것이 많은 노망에 드신 것이다. 아파트 주차장으로 내려와 막내 고모에게 전화를 드렸다. 우선 당황스러웠다. 내 존재를 깜빡깜빡하시는 것이었다. 갑자기 수은주가 내려가 온몸에 오한이 들었는지 손이 떨렸다. 단지 날씨 탓은 아니다. 뭔가 무섭고 서러운 생각이 들었다.

"아아, 걱정하지 마라. 가끔 그래. 수고했다. 내가 알아서 할게."

"뭘 알아서 하신다는 거예요? 고모님은 병원에서 이 주간 꼼짝 못하신다면서요."

"그 밑에 사는 권사님에게 전화해서 조금 부탁하면 돼. 그나저나 너 바쁠 텐데."

"아, 저 안 바빠요. 저 안 바빠요."

갑자기 울컥 눈물이 났다. 당신의 처지에 아랑곳없이 끊임없이 새끼들 걱정만 하시는 어르신들의 태도가 서러웠다. 나는 다시 아파트로 올라가 밑에 사신다는 권사님이 오실 때까지 기다리고 있었다. 고모님은 다시 나를 알아보았다. 정말 감당하기 힘든 일이었지만, 그래도 아직은 괜찮은 것이 아닐까 싶었다. 이런저런 이야기를 나누다가 큰고모님이 말했다.

"밤엔 무서워."

"아, 예. 밤에 혼자 계시면 무십지요?"

"그게 말이야. 혼자 누워 있으면 누가 와서 나를 건드려."

"예?"

내가 되묻자 고모님이 희미하게 웃으면서 말했다.

"내 어깨를 툭툭 치면서 '어서 일어나, 이제 가야지. 어서 일어나, 이제 가야지' 한단 말이야. 그게 무서워서 말이야."

"아, 그렇군요. 누가 어딜 가자는 거예요?"

"이젠 뭐…… 갈 때가 된 거니까. 저승사자가 데리고 가려는 거지."

“아, 큰고모님. 아직 아니에요. 그런 생각하지 마세요.”

유독 곱고 병약하셨던, 말 그대로 천생 여자라는 말씀을 듣고 사셨던 큰고모님은 아들이 미국에 갔다. 막내 고모 역시 사업 때문에 부산으로 내려간 아들 내외와 헤어져 두 분이 독거노인으로 임대아파트에 사신다. 아파트로 올라올 때 할머니들의 모습이 보였는데, 이 아파트는 주로 독거노인들의 임대아파트처럼 보였다. 나는 막내 고모의 입원으로 혼자 있게 된 고모님의 두려움을 조금은 이해할 수 있었지만, 그렇다고 어떻게 한단 말인가?

저녁 8시도 되지 않았는데 큰고모님은 피곤하신지 이부자리에 누우셨다. 권사님은 아직도 오지 않는다. 나는 잠시 바닥에 몸을 누이고 눈을 감았다. 그런데 내 손등으로 뭔가 지나가는 느낌이 든다. 화들짝 놀라 몸을 일으키니 바퀴벌레가 잽싸게 방바닥에서 달려간다. 화장실에 가려고 하는데 바퀴벌레 몇 마리가 보인다. 발바닥으로 눌러 죽이고 책으로 때려 죽이고. 몇 시간 있지 않았는데 갑자기 피곤이 몰려온다. 그동안의 스트레스로 잠시 지방으로 가려고 시동을 걸었던 내 자동차는 아파트의 주차장에서 홀로 있다.

밤 10시가 되었을까? 잠깐 잠이 들었는데 큰고모가 일어나 뭔가를 찾는다. 목이 말라 잠에서 깨신 것이다. 찬물을 올리고 잠시 우두커니 거실에 앉았다. 베란다로 나가 창문을 열었다. 11월의 단풍은 절경이었다. 점점 짙어지기 시작하는 저 단풍 위로 이제 곧 눈이 내릴 것이다. 고모님은 다시 이부자리에 누워 있었다. 다시 몸을 눕히는데 큰고모님이 말했다.

"오늘 밤만 여기에 있어 줄래."

"그러세요."

잠시 말이 끊어졌다. 고모님이 또 말했다.

"미안하구나."

"아닙니다."

"그런데 얘야, 넌 소원이 뭐냐?"

"예?"

"아직 젊으니 뭐 원하는 것이 있지 않니? 그게 뭐냔 말이야."

"글쎄요."

나는 소원을 들어주는 사람이다. 그런데 고모님이 나에게 소원이 뭐냐고 물어 보신다. 이분은 이제 사람의 마음을 보는 혜안이라도 얻으신 것일까? 고모님이 마치 잠꼬대처럼 말씀하셨다.

"그저 잘 먹고, 잘 자는 게 좋아. 특별한 욕심 부리지 말고 말이야."

"그럼 고모님 소원은 뭐예요?"

"나야 뭐, 다 늙어서. 그저 자식이 잘되는 거지."

그러고는 다시 잠이 드신다. 오늘 아침에 읽은 도종환 시인의 〈들국화〉란 시가 떠올랐다.

들국화 꽃잎에 가을 햇볕이 앉아 있다

…

사랑이 왜 편애일 수밖에 없는지 알기에

가을 햇볕도 들국화 꽃잎 위에서는

반짝 반짝 윤이 나는 것이리라

고모님은 지금 들국화처럼 들에 피어 있는 것 같았다. 이제 서리가 내리고 눈이 내릴 텐데 고모님은 어찌 그 무서리를 견딜 수 있을까.

마음이 무거웠고, 그날 밤 밑에 사신다는 권사님은 오지 않았다.

눈꽃

자정이 가까워질 무렵까지 베토벤 후기 현악사중주를 듣고 있었다. 음악소리가 끝나자 창백한 안색을 한 중년 여성이 문을 열고 조용히 들어왔다. 그녀는 의자에 앉아서 말했다.

"저는 의사입니다. 그리고 병을 고쳐주다가 병에 걸린 사람이기도 한데요. 인생이 참 아이러니해요. 사람들은 심리적 질병과 육체적 질병을 지니고들 살고 있어요. 물론 이 둘은 서로 떼어놓을 수 없는 동전의 양면입니다. 외과의사로 근무하면서도 틈틈이 정신과에 대한 논문이나 책을 통하여 환자들에게 최선을 다했다고 생각합니다. 지나친 과로와 스트레스 때문인지 할 일이 아직 많이 남아 있는데 덜컥 병에 걸려 버렸어요. 그래서 소원이 생겼습니다. 평소에는 나에게 특별한 소원 따위는 필요 없다고 자만하곤 했습니다."

자기 설명을 길게 하는 사람은 대부분 약점이 있다. 강인한 사람은 자신을 드러내려고 하지 않는다. 그녀에게는 무슨 소원이 있는 것일까? 말투와 외모, 그의 직업으로 미루어 보건데 성공한 여성이 아닌가? 하긴 그녀의 설명대로 육체적, 심리적 질병이 있듯이, 사람들의 내면과 외면이 일치한다는 것은 터무니없는 생각이다. 그녀는 희미하게 웃으면서 말을 이었다.

"그래요. 본론을 말하지요. 사실 저는 시한부 생명을 살고 있습니다. 동료의사가 삼 개월 정도 남았다고 하던데요. 이제는 죽음을 준비하려고 하다가, 일말의 희망을 걸고 여기에 찾아온 것입니다. 저는 아직 할 일이 남았어요. 그래서 건강이 필요한데요. 제 생명을 더 연장할 수 있을까요? 아니 병을 낫게 할 수 있을까요?"

나는 대답 대신에 깊은 한숨을 내쉬었다. 그것은 저절로 나온 것이었다. 왼손으로 턱을 만지면서 며칠 면도를 하지 않아 까칠한 턱수염을 손바닥으로 문질렀다. 까실까실한 느낌이 생각을 하는 데 도움이 된다. 여자들은 이런 느낌을 알 수 없을 것이다. 그녀는 유리 칸막이를 빤히 바라보았다. 처음에 들어올 때는 도도하달까 약간 건방진 느낌이 들었는데, 이제는 소녀처럼 이쪽을 바라본다. 그녀가 나에 대해서 뭔가 알고 있는 것일까? 나는 천천히 말했다.

"제가 그래야 할 이유가 있을까요? 당신에게 꼭 그래야 될 이유가 있습니까?"

내가 말을 마치자마자 그녀는 급하게 말했다.

"사실은 이 년 정도만 시간이 있다면 제 연구가 완성될 수 있을 겁니다. 그러면 나와 같은 병에 걸린 사람들을 모두 살릴 수 있을 겁니다. 생명과학, 줄기세포와 관련된 연구예요. 이것은 나뿐만이 아니라, 온 인류의 건강과 생명과도 직결된 문제라는 겁니다."

나는 그녀에게 물었다.

"그걸 어떻게 확신할 수 있나요? 연구라는 것은 실패를 전제로 한 가설 아닙니까? 수많은 시행착오를 거쳐 수십 년이 걸릴 수도 아니 수백 년이 걸릴 수도 있는데요. 당신이 이 년 안에 그 연구를 완성할 것이라고 내가 어떻게 확신할 수 있냔 말입니다. 아직 윤리적으로도 문제가 많은 그 연구에 대해서 제가 확신할 수도 없고 말입니다. 혹시 당신 생명에 대한 애착에서 오는 욕심이 아닐까요?"

말을 마치고 나서 좀 심했다는 생각을 했지만, 그녀의 소원을 들어주면 내 생명 역시 그만큼 줄어드는 문제이기 때문에 나 역시 심각한 상태였다.

"돈은 얼마든지 드리겠습니다."

그녀의 말에 나는 실망했다.

"제가 돈이 없어 보입니까?"

내 말을 듣고 그녀가 다시 말했다.

"아, 그게 아니고. 하여간 이제야 연구의 결과가 보입니다. 정말입니다. 나에게 이 년간의 시간만 있다면 이걸 완성할 수 있을 겁니다."

희랍 작가 니코스 카잔차키스가 생각났다. 그는 작품을 완성할 며칠간의 시간을 간절히 원하면서 세상을 떠났다. 타인의 소원을 들어줄 수 있는 능력이 있어도, 인간 생명에 대한 금도를 넘어서는 안되겠다는 생각이 들었다. 생명에는 보이지 않는 질서가 있고, 그 질서가 무너지는 순간, 사람들은 좀비가 될 것이다. 무서운 일이다. 나는 그녀의 소원을 거절해야 되겠다고 다짐했다.

"얼마나 살 수 있다고 하셨지요?"

"아마도 삼 개월 정도."

"감히 말씀드리지만, 삼 개월이면 굉장한 시간입니다. 걸작을 쓰고 싶어 하는 위대한 작가도 단 하루를 더 살고 싶어했지만, 결국 예정된 삶을 살다 갔습니다. 그리고 적어도 아직까지는 아마도 영원히 밝혀지지 않는, 우리 눈에는 보이지 않는 뭔가가 생명 속에 있을 겁니다. 특히 시한부 생명의 경우에는 환자에 따라 예외가 있기도 하다고 하더군요. 그래요. 의사니까 더 잘 아시겠지요. 저는…"

내가 말을 하고 있는데 그녀가 성난 목소리로 말했다.

"잠깐만. 지금 의사인 나에게 설교를 하는 거예요. 네가 뭔데 감히 내게 설교를 하는 거야. 생명과학은 내가 전문가란 말이야."

그녀의 반말을 듣고 당황스러웠다. 이럴 땐 자리에서 일어나는 것이 상책이다 싶었다. 그녀는 지금 흥분해 있었다. 순간 그녀가 망치로 우리 사이에 있는 창살을 부수는 소리가 들렸다. 창살이 힘없이 부서져 버리고 그녀가 내 멱살을 잡고 흔들었다.

"야, 이 건방진 녀석아. 어서 나의 소원을 들어달란 말이야. 죽여 버리기 전에."

그녀는 내 목을 잡고 흔들었다. 완력이 대단했다. 나는 캑캑거리면서 이러지 말라고 했지만 막무가내였다.

"나는 태어나서 지금까지 원하는 것을 하지 못한 적이 없어. 너에 대한 소문을 다 듣고 왔단 말이야. 세상이 그렇게 만만한 것 같아? 너 같은 놈이 어떻게 내 마음을 알아. 지금 문 앞에는 폭력배들이 대기하고 있어. 만약에 나의 소원을 들어주지 않으면 너는 죽을 줄 알아."

나는 버둥거리면서 그녀의 완력을 제지하려고 했지만 그녀는 더욱 세게 목을 졸랐다. 이러다가 정말 죽을 것 같았다. 그때 그녀의 등 뒤에서 또 어떤 여자의 목소리가 들렸다.

"그만해! 그만하란 말이야…. 언니, 이제 그만하란 말이야, 제발."

한바탕의 난리를 치르고 나서 우리 세 사람은 밖으로 나와 커피 집에 앉았다. 사실 시한부 생명은 그녀의 동생이었다. 그녀는 뛰어난 의사인 동생의 병을 안타까워하다가 나를 찾아와 그 난리를 부린 것이다. 동생인 여의사는 매우 단정하고 아름답고 침착했다. 그녀는 자신에게 주어진 길을 가겠다고 말한 뒤, 다시 한 번 사과하고 자리에서 일어났다. 그녀의 언니는 여전히 울먹거리면서 따라 나갔다.

그날 밤, 새해 들어 첫눈이 수북하게 내렸다. 앙상한 겨울나무에 눈꽃이 피기 시작하면서 도시는 소박한 변신을 한다. 세상을 온통 하얗게 만들어 버리는 눈꽃은 겨울에 피는 꽃이다. 빈곤한 세상에 내리는 축복이다. 나는 도로 가로수 나뭇가지에 찢어진 비닐 조각이 걸려 깃발처럼 펄럭이는 풍경을 바라보고 있었다. 간절하게 누군가를 부르는 사람의 손길처럼 보였다.

벼랑 끝에 매달린 사람이 기다리는 손길은…, 언제나 오지 않았다. 이런 생각에 시달리는 사람은 일단 마인드부터 바꿀 필요가 있다. 지금까지 소원을 말하는 사람들의 공통점은 삶에 대한 용기가 없다는 점이었다. 아주 절박한 순간에 우리는 희망을 꿈꾸곤 한다. 하지만 희망은 좌절을 낳거나, 어려운 현실을 잠시 벗어나려는 자기기만의 성격을 다분히 포함하고 있다. 절박함과 희망 사이에 있는 것, 그것이 바로 용기다. 올해는 용기를 가지고 살아야 되겠다는 생각이 들었다. 그래도 희망을 버려서는 안될 것이다. 용기를 품게 하는 것이 바로 희망이기 때문이다.

나는 아직도 두 번의 소원을 들어줄 수 있다. 그 간절한 마음을 이루어 줄 수가 있기 때문에 항상 긴장하면서 살고 있다. 하지만 내 소원은 내가 이룰 수 없다. 그런데 가만히 생각해 보니 그것은 잘못된 생각이었다. 이미 나는 소원을 이루어줄 수 있는 사람이 되었다. 그것은 나의 소원이었다. 그날, 나는 그녀의 소원을 들어주었다.

그녀는 아마도 오래 살 것이다. 하지만 운명이라는 것이 있지 않는가. 비록 질병을 피하더라도, 그는 사고나 다른 이유로 죽을 수도 있다. 그래서 나는 그런 소원은 들어주지 않으려는 것이다. 하지만 나는 인간이고 실수투성이다. 신의 의도를 조금 변형시켜 보았다. 그것이 어떤 결과를 가져올지는 아마도 모른다.

이제 단 한 번만 타인의 소원을 이루어줄 수 있고, 그것은 나의 죽음을 의미한다. 참 괜찮은 인생이다.

3부

고양이 상처

마포대교를 건너는 법

그는 한강에 몇 개의 다리가 있는지 곰곰이 생각했지만 현기증 때문에 잘 생각이 나지 않았다. 천천히 걷는다고 걸었지만 멀리 보이던 마포대교에 올라서서 대교의 난간을 잡고 있는데, 주머니에 넣어두었던 폴더 폰의 진동이 느껴졌다. 하루 종일 굶어 걸음걸이가 휘청하던 그는 잠시 멈추어 서서 수신자를 확인하고는 큰 숨을 내쉬었다. 봄볕은 좋은데 바람은 왜 이렇게 지랄같이 찬 것인가? 그는 손가락으로 봉두난발이 된 머리카락을 쓸어 올리면서, 두 눈을 꾹 감고는 전화를 받았다.

"어이 김작가, 나 백주간입니다. 이번 작품은 아주 좋아요. 디테일이 살아 있어. 우리가 연재하겠습니다. 바로 연락하려고 했는데, 늦어서 미안해요. 많이 기다렸지요. 요즘에 번거로운 일이 많아서 말이야. 수고했어요. 다음 호부터 바로 연재 들어갑시다. 정말 김작가 고생 많았어요. 내 다 알아. 그동안 잘 견뎠어. 내일 점심이나 같이 합시다."

만화작가인 김두리는 그 자리에 주저앉아 '고맙습니다'라는 말만 여러 번 반복하고는 멀리 보이는 국회의사당과 63빌딩을 번갈아 보았다. 그러고는 다시 발밑에 흐르는 한강물을 내려다보았다. 두 눈에서 흐르고 있는 눈물이 한강을 향해 뚝 떨어졌다.

김작가는 이번 원고마저 거절당하면 더 이상 견디지 않겠다고 생각했다. 쌀독에 쌀이 떨어진 지는 이미 오래되었다. '이제 그만 죽자'라는 생각을 한 것은 비관적인 감상이 아니었다. 정말로 이제는 더 이상 견딜 수가 없었다. 며칠 전에 물을 갈다가 어항을 깨뜨려 방바닥에 떨어져 파닥거리던 금붕어가 생각났다. 그는 땅바닥의 금붕어처럼 파닥거리고 있었다. 바로 그때 전화를 받아 구사일생으로 살아났다. 마포대교에서 그는 한강의 빛나는 생명을 보았다. 어항 속에 금붕어가 한강을 거슬러 오르면서 힘차게 퍼덕이는 연어처럼 뛰어 올랐다.

수년 뒤, 그때 그 연재 작품으로 성공한 김작가는 다시 마포대교를 찾았다. 그는 한 청년과 이야기를 나누고 있었다. 청년이 말했다.

"정말 그런 일이 있었습니까?"

"그래요. 이건 창작이 아니에요. 저는 그때 죽으려고 했어요. 정말 어리석었지요."

"그런데, 왜 저에게는 그런 희망의 전화가 안 오는 겁니까?"

"그 대신에 내가 왔잖아요."

청년의 눈빛이 반짝 빛났다.

김작가는 청년의 손을 잡고 말했다.

"내가, 바로 내가, 이렇게 한 인간이 왔잖아요. 이건 전화보다 더 반가운 일이지요."

"그건 그렇지만, 정말 너무 힘들어요."

청년은 고개를 다시 떨구었다. 이제는 인기 작가가 된 김두리는 간혹 마포대교를 찾는다. 작품이 잘 안 풀리거나 명성으로 인해 나태한 기분이 들 때 마포대교는 그에게 힘을 주는 장소였다. 이제 그의 작품은 영화나 드라마로 만들어져 최고의 인기를 누리고 있었다. 문제는 다음 작품이었다. 성공한 뒤 그는 마포대교가 한눈에 내려다보이는 강변의 넓은 오피스텔에 자신의 작업실을 얻었다. 그날도 작품 구상을 위해 산책을 하다 대교 위에서 우연히 한 청년을 보았다. 청년은 수년 전 자신의 모습이었다. 흔들리는 눈동자와 휘청거리는 걸음걸인 자신이 생을 포기하고자 했을 때의 모습과 판박이였다. 그는 슬그머니 청년의 뒤에 서서 어깨에 손을 얹고 자신의 이야기를 들려주었다.

김작가는 청년의 어깨를 도닥거리면서 말했다.

"그래요. 그럴 겁니다. 당신이 무슨 일로 절망했는지는 물어보지 않겠습니다. 그 고통이 몇 마디의 말로 해결되겠습니까. 하지만 이렇게 우리가 만난 것도 인연이라면 인연이겠지요. 그래요. 조금만 더 견뎌봐요. 뭐, 살아 보니까, 어르신들 말대로 죽으라는 법은 세상에 없습니다. 모두 살기 위한 일이지요. 한 번만 더 살아보세요. 꼼꼼하게 다시 지난 일들을 반성하면, 뭔가 분명히 보일 겁니다. 그게 뭔지는 당신만이 알 수 있어요. 세상의 그 누구도 알려 줄 수 없는 겁니다. 당신이 그걸 찾아야 합니다. 그래서 살라는 겁니다."

그날 김작가는 그 청년에게 따끈한 설렁탕 한 그릇을 사주었다.

한강에는 팔당대교에서부터 일산대교까지 모두 서른 개의 다리가 있다. 우리 인생의 다리가 한강 위에 걸쳐 있는 다리보다 적지는 않을 것이다. 당신은 지금 당신 앞에 있는 마포대교를 건너가는 법을 알아야 한다. 대교를 건너면 국회의사당도 있고 63빌딩도 있다. 그 이야기를 김작가는 청년과 헤어지면서 말해 주었다. 살고자 하는 자에게 길은 어디에나 있다. 어느새 피어 있는 매화꽃잎들이 길거리에 떨어지면서 마치 천국과도 같은 가로수 길을 만들고 있었다. 봄이다. 또 봄이다.

오카리나 할머니의 단풍 든 마음

우리 동네 구멍가게 할머니가 오카리나를 불기 시작했다. 이사를 와서 처음으로 가게에 두부와 콩나물을 사던 날 막 시집을 와서 수줍어하던 그 집 며느님은 이제 아이를 셋이나 둔 중년 부인이 되었고, 주인아저씨는 할아버지가 되었다.

지난 세월이 나에게 말하는 것이 무엇인지는 잘 모르겠지만, 나는 주위에 있는 사람들이 변하는 모습을 보면서 세월의 무심함을 가늠한다. 하여간 세월은 말이 없다. 아마, 그들의 눈에도 내가 많이 변했을 것이다. 할머니는 방송통신대학 국문과에 다니면서 한국 시인들의 시 작품을 통해 나의 존재를 알았고, 그때부터 나는 가게에서 조금은 각별한 대접을 받았다. 과자나 라면을 사고 계산할 때 100원 단위의 우수리 돈은 퉁쳐서 안 받기도 하고, 간혹 지갑을 집에 놓고 와 외상을 해도 아무 때나 달라고 하면서 칠판에 따로 적지를 않았다.

예쁜 아줌마 5300원, 목사님 25000원, 쌍둥이 엄마 8000원 등등 계산대 위에 걸려 있는 월간 일정표 겸 칠판은 일종의 외상 장부이다. 거기에 단골손님들의 거래 상황을 매직펜으로 쓰고 지우기를 반복하면서 동네 사람들의 정이 깊어진다.

할머니는 방송통신대학을 졸업하고 나서는 오카리나를 인터넷을 통하여 배우고 있었다. 나 역시 오카리나에 관심이 있었지만 차일피일 미루기만 했는데, 할머니는 인터넷 강의를 통해 내가 가게에 갈 때마다 연습을 하고 있었다. 거의 매일 소소한 물건을 사기 위해 지나치는 정거장이기도 한 가게에서 언제부터인가 오카리나 소리가 들려왔다. 그 소리는 주인이 있다는 신호이기도 했고, 물건을 사러 오는 동네 사람들의 무미건조한 발걸음을 경쾌하게 만들었다. 할아버지는 조금이라도 싼 물건을 구입하기 위해 땡 처리를 하는 교외 창고를 돌아다녔고, 배추나 무, 파나 양파를 다듬어 가지런하게 가격표를 붙여 놓는다. 두 분이 고스란히 곱게 늙어가는 모습을 보면서 언제나 내 곁에 다소곳이 있는 아내 생각을 하기도 했다.

요즘엔 할머니의 오카리나 실력이 대단하다. 간혹, 스마트폰으로 배경 음악을 틀어놓고 연주하는 모습을 볼 수 있었다. 오늘도 가게 입구에서부터 오카리나 소리가 들려온다. 할머니는 손님이 온지도 모르고 오카리나를 불고 있었고, 나는 언제나처럼 사는 물건을 꺼내 조심스럽게 계산대 위에 돈과 함께 올려놓았다. 그때서야 할머니는 나를 알아보고 연주를 멈추었다. 그냥 계속하시라고 듣기 좋다고 하니 '아이고, 이를 어째' 하면서 하하 웃으신다.

누구에게나 음악은 멀리서 찾아오는 친구처럼 반갑다. 그것이 세계적인 연주가 아니더라도 생활에 지친 건조한 소시민의 얼굴 표정에 미소를 짓게 한다면 사이먼 래틀의 오케스트라보다도 만족스러울 수 있는 것이다. 십수 년간 거의 매일 보았던 아름다운 그녀, 할머니에게 느끼는 친숙한 마음의 정체를 나는 알 수 있었다. 그것은 바로 숨이 막히게 아름다운 색이 오른 단풍이었다. 나뭇잎은 온몸에 물이 빠지면 아름다운 색을 보여주는 놀과 같다. 세월은 단풍 떨어진 자리의 떨켜와 같은 것이다. 그런 단풍을 가만히 들여다보면 음악소리가 들려온다.

가끔 즐기는 비틀스의 노래 〈헬로 굿바이Hello Goodbye〉를 크게 틀어놓고 들었다. 단풍은 이제 우리들에게 자신과 헤어질 시간이라고 인사한다. 하지만 나는 단풍에게 인사하면서 그건 아니라고 억지를 부린다. 작별을 고하는 사람에게 인사하는 비틀스의 가사 한 줄이 이제 늙어 떨어지는 단풍을 바라보는 내 마음 같다는 생각이 들었다.

Hello, hello.

I don't know why you say goodbye. I say hello.

여치길 편지

요즘 우리 동네 여치길은 낙엽이 장관이다. 주소명이 지명에서 도로명으로 바뀌면서 각종 곤충들의 이름으로 동네 골목길 이름을 지었다. 여치길, 소금쟁이길, 풍뎅이길 등등. 신도시 생활을 정리하고 여름에 파주로 이사를 와서 가을맞이를 한다. 땅바닥에 떨어진 단풍 든 낙엽을 밟으면서 산책을 하는 시간이 늘었다. 이 동네에 오니 개를 데리고 산책하는 사람들이 참 많다. 그런데 개 주인들의 모습이 조금은 조심스럽다.

개가 사람을 물어서 그 후유증으로 사망했다는 이야기가 사람들을 긴장하게 하나 보다. 개 산책을 시키다가 사람이 나타나면 잠시 멈추어 서서 사람이 지나가기를 기다리고, 혹시 개가 사람에게 다가가려고 하면 목줄을 당기면서 혼을 낸다.

200여 세대가 모여 사는 여치길 빌라에서도 마찬가지였다. 바로 앞동에 사는 집은 프렌치 불도그를 키우는데, 자주 산책하는 모습을 볼 수 있었다. 원고를 쓰다가 답답하면 담배를 피우기 위해 빌라에서 벗어나 산책을 하곤 한다. 빌라에서 뚝 떨어진 인적이 드문 곳에서 담배를 피우고 있는데, 그 집 아주머니가 개 산책을 시키다가 나와 마주쳤다. 그 녀석이 사람만 보면 으르릉거리는 바람에 살짝 신경이 쓰였다.

"조용히 못해!"

아주머니와는 가끔 마주치면 가벼운 인사를 나누는 사이일 뿐이었다. 아주머니는 개 줄이 풀려 나에게 다가오는 개를 잡아 품에 안고는 미안하다고 한다.

"아이고 아닙니다. 개가 다 그렇지요, 뭐."

"그래도 놀라셨지요?"

"아니요. 이 녀석이 하룻강아지 범 무서운 줄 모르고, 허허."

나는 그녀가 너무 미안해해서 썰렁한 농담을 던졌다.

"요즘에 개 주인들이 조금 힘드시겠어요?"

개를 쳐다보면서 내가 물어보자, 그녀는 대답했다.

"그러게요. 이 녀석은 전혀 물지 않아요. 아마 훈련을 잘못 받아서 그런 게 아닌가 싶기도 하고요. 이 녀석은 사람을 문 적이 전혀 없거든요. 벌써 칠 년이나 키웠는데 말이지요."

"개도 사람처럼 성격이 다양하니까 말이지요."

"그래요. 사람하고 아주 비슷해요."

마침 같이 산책을 나온 아들이 개한테 일어나, 앉아 하고 명령을 내린다. 마치 이 개는 특별히 안전하다는 것을 강조하려는 듯이 말이다. 그러고는 빵 하고 총 쏘는 흉내를 내니 개가 발랑 뒤집어지기까지 한다. 나는 허허 웃으면서 녀석의 머리를 쓰다듬어 주었다.

잠시 그렇게 있다가 그녀는 다시 미안하다고 하고는 개의 목줄을 채웠다. 그 모습을 보니 괜히 내가 미안해지려고 했다. 개와 고양이를 비롯한 애완동물은 동물이라기보다는 친구이자 동반자 같다. 가족과 같이 생각하면서 돌보고 사랑한다.

우리 집만 해도 고양이가 있다. 녀석은 이제 가족의 일원으로 편입되어 인격체만이 가질 수 있는 존재감을 획득하고 있다. 특히 딸의 고양이 사랑은 각별하다. 그건 나 역시 마찬가지이다.

개와 달리 고양이는 간혹 발톱을 세워 몸에 상처를 내곤 한다. 사랑과 상처는 어쩔 수 없나 보다. 동물이나 사람이나 사랑하는 사이에 생기는 상처는 전리품과 같은 것이니까. 그래서 사랑하는 사람에게 필요한 것이 예의이고 신뢰가 아닌가 싶다. 하여간 개에 물려 패혈증으로 이어질 수 있다는 사실은 사람들에게 경각심을 일깨워주고 있다. 그것은 단순한 문제가 아니기 때문이다. 아주 사소한 실수가 큰일로 이어지기도 한다.

친구끼리 술자리에서 슬쩍 밀었는데 잘못 넘어져서 죽기도 한다. 그렇다고 모든 사람을 잠정적인 살인자로 규정하고 대인관계를 맺을 수는 없을 것이다. 일부 남성들의 성폭력이 모든 남성들에게 적용될 수 없는 것도 마찬가지의 이치 아닐까. 단풍 든 낙엽과 나무를 보면서 이런저런 상념에 시달린다. 멀리서 개 짖는 소리가 들려온다.

대남방송

밤이면 들려오는 대남방송 소리가 이제는 낯설지 않다. 무어라 주장하는지 정확하게 들리지는 않는다. 이북 방송 특유의 격한 목소리가 고요한 여치길에 울려 퍼지지만, 뭐랄까 그리 신경 쓰이지는 않는다. 하지만 아주 가끔은 핵폭탄이라도 날아오면 어쩌나 하는 우려가 들기도 한다. 이제 다 큰 딸은 김정은이 핵 실험을 하고 웃고 있는 모습을 보면 꼭 물어보는 말이 있다.

"아빠, 전쟁 나면 어떡하지?"

"전쟁이라는 게, 그렇게 쉽게 나는 게 아니다. 아주 복잡해. 주변국들의 이해관계를 비롯해서 말이야. 아주 복잡해."

"그래도 미치광이처럼 쏴 버리면 어떡해."

"뭐, 그런 일이 있다면 비극이겠지만 말이야. 그런 경우는 길거리를 걸어가다 벼락 맞을 확률보다 낮을 거야."

"그럼 확률이 있긴 있다는 거네. 우리 이사 가자."

"어디로? 제주도로?"

"아니, 할머니가 전쟁 때 있었다는 곳으로 말이야."

"그래, 그럴까?"

"거기에서 총성 한 번 안 듣고 지내셨다면서. 인민군들이 지나가면서 할머니 볼을 만지면서 귀엽다고 칭찬도 해주고 말이야."

"그래, 그런 말씀을 지금도 하시지."

"그러니까 아빠, 거기로 가자고."

딸은 잠시 생각한다. 분단국가에 사는 젊은이들은 불안하다. 전쟁에 대한 공포가 DNA처럼 내재되어 있다. 우리나라에서 전쟁의 안정권은 없다. 딸의 우려대로 세상일이라는 게 알 수가 없긴 하다. 트로이 목마로 유명한 트로이 전쟁의 발단이 바람난 유부녀 때문 아니었던가. 정말 그럴 수도 있겠지만, 그런 경우는 없을 거라고 가정하고 사는 게 낫다. 그것이 기우였으면 하는 마음일 뿐. 그런데 요즘은 딸을 불안하게 하는 대남방송이 들리지 않았다. 대남방송 대신에 하얀 눈이 내렸다.

불과 얼마 전에 단풍 든 나무에 눈꽃이 피어 있다. 고요하고 거룩하다. 눈이 내리면 사방이 더 고요해진다. 눈 내리는 크리스마스를 노래할 때 고요한 밤, 거룩한 밤이라고들 하는데, 그건

과학적으로도 맞는 말이다. 눈은 주위에 있는 소음을 빨아들이는 기능이 있다. 청각적으로도 그러하지만 시각적으로도 눈이 내린 들을 바라보면 마음이 고요해진다. 그날 저녁 나는 오랜만에 엄마에게 전화를 걸었다. 엄마가 전쟁 때 지낸 곳이 어디냐고 물었다. 그러자 엄마가 대답했다.

"너희들이 지금 살고 있는 파주였지."

"엉?"

"서울에서 언니는 여주로 가고, 나는 파주로 갔어. 왜 그러냐? 전쟁이 난다냐? 그거 나면 안된다. 나야 어린 시절에 운이 좋아서 잘 지냈지만, 네 아버지는 전쟁 때문에 얼마나 힘들게 살았니. 북쪽에 식구들 다 남겨두고 혼자서 말이야."

"그래요. 전쟁 안 나요. 그냥 한번 물어본 거예요."

나는 잠시 생각하다가 말했다.

"엄마, 아버지 기일에 오실 때 그 말을 꼭 가족들에게 해줘요."

"알았다."

올 겨울은 대남방송 대신에 눈이 많이 왔으면 좋겠다. 아버지의 고향인 개성과 어머니의 고향인 서울이 모두 하얀 눈으로 통일되었으면 참 좋겠다.

엄마의 눈물

얼마 전, 친구가 모친께서 병상에 들어 힘겨워하는 모습을 보았다. 우리 둘은 차 한 잔을 마시면서 서로의 어머니에 대해서 이런저런 이야기를 나누었다. 친구는 결국, 이제 그만 어머니가 소천하셨으면 한다고 했다. 해서는 안되는 말인 줄은 안다고 했지만, 한숨을 쉬듯이 조용히 말했다. 워낙 막역한 사이라 나에게만 하는 말이다.

이 말은 이제 환갑이 가까워진 친구가 삶이 무거워서 잠시 무언가를 내려놓고 싶다는 의미로 들렸다. 천하에 효자인 그가 그런 말을 하기까지 얼마나 많은 사연이 있었을까, 가만히 혼자 앉아 짐작해 보니 그 후로도 얼마간 마음이 무거워서 눈물이 나기도 했다. 문득 어머니가 생각났다. 가까이 있으면서도 전화조차 자주 못하니 죄스러운 생각이 든다. 어머니는 가난한 아들을 위해 건강하신 것 같다. 얼마나 고마운 일인지 모른다.

여치길에 눈이 내리던 날에 딸이 말했다.

"엄마, 할머니가 우시는 것 처음 봤어."

그러자 옆에 있던 아내가 말했다.

"나도 시집와서 어머님이 우시는 것 처음이야."

나는 서재에서 일을 하다가 들려오는 이야기를 듣고 문을 열고 나와 되물었다.

"뭐! 엄마가 울었다고!"

"그래 아빠, 나 할머니가 우는 것 보고 깜짝 놀랐어."

어머니는 아버지의 기일에 제사를 지내고 이런 말을 하시면서 울었다고 했다.

"아이고, 이 양반이 보고 싶네."

아버지의 기일을 지내고 내가 잠시 시내에 다녀온 사이에 벌어진 일이다. 어머니가 우는 모습을 나는 본 적이 없다. 항상 건강한 모습으로 웃는 얼굴이 어머니의 얼굴이고, 무슨 힘든 일이 있지 않을까 걱정은 해도 큰아들 앞에선 내색을 안하신다. 아버지의 상을 치를 때도 혼자 저 멀리 떨어져서 우신 것 같다. 어머니는 울지 않는 사람인지도 모른다. 적어도 아들 앞에서는 말이다. 왜 어머니는 울지 않으실까, 심각하게 생각해 본 적도 없다.

이제 팔순을 훨씬 넘기신 어머니가 돌아가신 아버지를 그리워하고 계신다는 이야기는 나에게 두 분이 다정하게 계시던 모습을 떠올리게 한다. 벽에 걸어놓은 가족사진들 중에 젊은 부모님이 어린 나를 사이에 두고 나란히 걸어가는 작은 흑백사진이 있다. 내가 다섯 살이나 되었을까? 아버지의 손에는 서류를 싼 것으로 보이는 보따리가 있었다. 당시 은행에 근무하셨으니까 퇴근하면서 일거리를 집으로 들고 가시는 것으로 보인다.

양복을 단정하게 차려 입은 아버지의 손을 잡고 역시 나비넥타이에 양복을 말끔하게 차려 입은 어린 내가 웃고 있다. 어머니와 아버지는 각각 한 손으로 가운데 있는 내 두 손을 잡고 있다. 그건 아마도 오십 년 전의 사진일 것이다. 오십 년 전에 아버지가 웃으시면서 바로 내 눈 앞에서 걸어오고 있었다. 사진에 가까이 다가가 말했다.

"아버지, 지금 어디까지 걸어가고 계신가요? 어머니가 아버지 보고 싶다고 우셨어요. 아버지 천국엔 눈물이 없겠지요? 어머니는 세상을 천국처럼 사시는 줄 알았는데 말이지요…."

죽음이란 무엇일까, 그리고 헤어짐이란? 나는 아직도 잘 모르겠다. 그걸 안다는 것은 삶이 끝나는 순간에도 불가능할 것이다. 하지만 그날 내가 보지 못했던 엄마의 눈물은 긴 세월을 흘러가는 강가에 떨어지는 별빛 같은 것이리라. 별빛이 뚝뚝 비처럼 떨어지는 밤이다. 내일은 올 겨울 들어 가장 춥다고 한다. 한파주의보다. 겨울보다 긴 인생에서 한파주의보는 사랑하는 사람의 죽음이 아닐까? 이별이란 말은 그래서 무섭다. 어머니가 보고 싶어 전화기를 들었는데 자정이 지나간다.

붉은 달

개기월식이 조금씩 진행되고 있었다. 하늘을 쳐다보니 뭔가 빠져나간 자리처럼 보인다. 강력한 불기둥이라도 빠져나간 것일까. 월식이 시작될 때부터 꼼짝하지 않고 한 자리에 서서 그것을 쳐다보고 있었다. 오줌이 마려웠지만 참았다. 뭐든 보고 싶은 것을 보기 위해서는 참아야 한다.

달이 사라진 자리에 서서 가만히 생각해 보니, 뭐든 기다리면서 살아오는 것 같다. 내가 기다림의 대상이 되기도 하고, 누군가를 기다리기도 하면서 말이다. 여치길에서 내가 지금 기다리고 있는 것은 고양이 '어니'다. 어니는 장애가 있는 동네 고양이인데, 지독한 겨울 한파를 어떻게 견디고 있는지 걱정이 되었다.

어니는 영화 〈길버트 그레이프〉에서 주인공 길버트의 장애우 동생으로 나오는 레오나르도 디카프리오의 배역 이름이다. 그 고양이를 보고 이 영화가 떠올랐고, '어니'라고 불러 주었다. 어니가 아파트 단지 주차장을 어슬렁거리고 있다. 절뚝거리는 한쪽 발, 꼬리와 귀가 훼손되었고, 눈도 찌그러진 모양이다. 내가 어니야 하고 부르자, 녀석은 잠시 곁눈질을 하고는 잽싸게 자동차 밑으로 사라진다. 지나치게 겁이 많고 눈치가 발달했다. 동네 고양이들 사이에도 어떤 서열이 있는 것인지 몰랐다. 건강한 러시안 블루도 한 마리 있었다.

녀석은 살집도 좋고 얼굴도 둥글게 사장님 스타일이다. 그래서 녀석의 이름은 사장님이다. 우리가 사장님이라고 부르면 녀석은 거드름을 피우면서 유유하게 제 갈 길을 간다. 같이 산책을 하던 아내가 말했다.

"동네 고양이들도 빈부 격차가 있네. 어니에 비해서 저 녀석은 참 편하게 사는 것 같아."

"어니가 걱정이 되기는 하는데, 뭐 어떻게 할 수도 없고."

아내와 나는 어니의 뒤로 슥 지나가는 사장님을 보고 고개를 갸웃거렸다. 동네 고양이 사이에서도 권력다툼과 일종의 신분차이가 있는 것인가 싶었다. 동네에는 동네 고양이를 돌봐주는 사람들이 있다. 식당 앞에는 녀석들의 먹이를 주는 장소가 있다.

어니를 보고 집으로 올라와 개기월식으로 달이 사라진 하늘을 보았다. 월식에 신비스러운 일이 일어난다고 믿는 사람들이 있다. 일종의 자연현상이지만 사람들은 거기에 어떤 의미를 두고 초자연적인 일이 벌어지기를 기대하는지도 모른다. 예를 들면 어떤 일이 있을까. 세상의 모든 생명체들이 건강하고 아름답게 삶을 사는 일? 하지만 그건 너무나 비자연적인 일이 아닐까. 우주의 원리가 바뀌지 않는 한 요원한 일이다. 자연은 인간의 시선으로 보면 잔인하다. 약육강식의 고리가 너무 단단하다. 하긴 우리들의 삶도 비슷한 구석이 있다.

내가 어니를 가엽게 여기는 이유는 일종의 동류의식일까? 가만히 생각해 보니, 이런저런 상처가 많고, 영혼의 어떤 구석은 심하게 훼손되었다. 달이 사라진 여치길 마을은 더 조용하다. 달이 없으니 그림자도 없다. 다만 인공불빛이 밝히는 단지 안에는 고요한 상태에서 차가운 칼바람이 분다. 아, 추운 겨울이다. 아마 봄이 곧 도착할 것이다. 그때 꽃이 필 것이다. 그것은 겨울의 눈으로 보면 기적이 아닌가?

휠체어를 밀면서

누군가 등 뒤에서 바쁘냐고 물었다. 고개를 돌려보니 휠체어를 타고 있는 노인이었다. 마침 은행에 간 아내를 기다리는 토요일 오후, 그녀는 현금 인출기만 이용하기에 금방 나온다. 차에 시동을 걸고 잠시 나와 있던 중이라 나는 바쁘다고 했다. 그러자 노인이 말한다.

"그럼, 나 저기 신작로 입구까지 밀어주겠소?"

내가 대답했다.

"아, 예. 그러지요."

휠체어를 조심스럽게 밀면서 속으로 웃음이 나왔다. 이분이 아마 귀가 어두워서 내 표정만 보고 밀어달라고 한 것이다. 나는 환하게 웃으면서 바쁘다고 했기 때문이다. 보통 거절을 할 때는 인상을 쓰기 마련인데, 가만히 생각해 보니 난 아무 생각 없이 그냥 정직하게 내 상황을 전달했다. 그러니 표정이 어린애처럼 밝게 보였고, 그 표정만 보고 안 바쁘다고 했을 거라고 노인은 짐작했을 것이다. 과연 몇 마디를 나누는데 그의 귀에 대고 크게 말해야 했다.

"이거 불편하셔서 어떡합니까?"

"뭐요?"

"불편하지 않으시냐고요?"

"아, 전동 휠체어가 고장 나서 수리 맡겼어요. 며칠만 고생하면 돼요."

그가 말한 신작로는 우리 마을 입구에 있는 4차선 도로다. 거기까지 약간 밑으로 경사진 도로라 잘못하면 앞으로 쏠려 넘어질 것이다. 두 팔에 힘을 주고 조심스럽게 밀고 있는데, 바퀴도 오래된 것인지 방향이 왼쪽으로 자꾸 쏠린다. 여간 신경 쓰이는 게 아니다. 이러다가 노인이 앞으로 넘어지기라도 하면 낭패다. 그때 은행에서 나온 아내가 나와 노인을 보더니 씩 웃으면서 동네 마트로 들어가면서 손짓을 한다. 거기로 오라는 거다. 나는 손가락으로 동그라미를 그려 신호를 보냈다. 도로 중간쯤 가는데 노인이 말했다.

"벌써 사십 년이 지났네."

"예?"

"버스 차장이라고 알아요?"

"그럼요. 제가 고등학교 때 버스 차장 누나들이 있었지요."

"그래, 그 차장들이 있을 때 난 버스 기사였어요. 마흔 살에 사고가 났으니 이제 사십 년이 지났어요."

"아, 그렇군요."

노인은 이제 팔순이다. 가만히 생각해 보니 전동 휠체어를 타고 동네를 다니는 분이 기억났다. 아, 그래 이분이 그분이구나 싶었다. 갑작스러운 사고로 버스를 운전하던 그 노인은 이제 휠체어를 타고 여생을 드라이브하고 있었다. 노인이 말한 우리 동네 신작로, 즉 4차선 도로 입구에 세워 드리고, 기다리고 있는 아내를 향해 돌아섰다. 그날, 노인의 어두운 청각은 나에게 도움이 되었다. 의미 없는 말보다는 표정이 중요하다. 좋은 표정으로 이심전심의 마음으로 서로 도우면서 사는 동네가 좋은 동네다.

실록 포쇄형지안

여치길에 제법 선선한 바람이 분다. 즐거운 소식처럼 기온이 조금 떨어지니 살맛이 난다. 사람이란 참, 나약한 동물이다. 혹한의 겨울에는 그토록 따뜻한 것이 그리웠는데 말이다. 올 여름에 참으로 지독했던 '폭염'의 고통을 견디면서 뭐든 지나쳐서는 안된다는 교훈을 얻게 되었다.

예를 들어 우리의 웃음도 너무 지나쳐 '폭소'가 되면 힘들다. 맛있는 음식 역시 '폭식'을 하게 되면 건강을 해친다. 인류의 숭고한 가치인 사랑 역시 너무 지나치면 안된다고 심리학자들은 말한다. 재산도 너무 많으면 삶이 힘들고, 여러 가지 구설수에 오른다고들 한다.

그래서 아버지는 항상 어린 나에게 적당히 먹고, 적당히 웃고, 적당히 놀라고 하신 것 같다. 이 적당하다는 것을 우리 사상으로 표현하자면 '중용' 정도가 되지 않을까? 조선 선비들이 항상 경계했던 것 역시 도를 넘는 지나친 것들이었다. 심지어 임금을 향한 지나친 충성도 독이 될 수 있다고 믿었다. 선비 정신이 투철한 이순신 장군은 임금에게 지나친 충성보다는 적당한 충성과 사랑으로 자신의 군사작전을 신념으로 고수한 대표적인 인물이다. 그의 '난중일기'는 조선 선비 정신이 빛나는 작품이다.

청년 시절에는 그 적당한 것이 마치 비겁한 것이라도 되는 양 뭐든 지나치게 했던 것 같다. 그래서 철이 없다는 말을 들었던 것이 아닐까? 물론 지금도 철이 없기는 마찬가지지만, 뭔가 지나친 것들이 눈에 거슬리고 마음이 불편하다. 그래서 이제는 철이 조금 들었나 하는 생각이 든다.

우리 마을에 고추나 가지를 널어 말리는 풍경이 가끔 눈에 보인다. 폭염의 시절이 지나가고 볕에 채소를 널어 말리는 풍경은 책을 읽는 나에게는 참 적당한 풍경으로 보인다. 집에서 먹을 정도의 적당한 양을 널어 말려 식구들이 맛있게 먹는 음식이 되는 것이다. 대형 마트에 전시되는 대량 생산과 소비 사회에서 이런 풍경은 나에게 잠시 쉼표의 시간을 준다.

이제 처서가 지났으니 지난여름에 지나친 땀과 습기로 젖어버린 생각과 마음을 볕에 널어 말려야 되는 것이 아닌지 모르겠다. 조선 선비들은 처서가 지나 여름 더위가 가시고 선선한 가을이 다가오면 여름 동안 장마로 인한 습기에 젖어 있던 옷이나 책을 볕에 말리는 시간을 가졌다. 이런 행위를 포쇄曝曬라고 한다. 이 말은 내가 참 오랜 전부터 아끼는 말이다. 포쇄.

선비들이 자신들의 분신인 책을 잘 읽기 위해 책을 소중히 다루는 모습이다. 서책을 한 장 한 장 넘기며 볕에 말리는 선비의 모습은 참 아름답다. 이 전통은 '조선왕조실록'이라는 위대한 기록물을 보존하는 방법으로 이어져 온다. 조선왕조의 역대 실록인 책들을 3년마다 한 번씩 바람을 쐬고 말리는 작업을 한다. 국가적인 기록물의 포쇄인 것이다. 이때의 모든 내용을 상세히 기록하여 남긴 기록물을 '실록 포쇄형지안'이라고 한다.

우리를 괴롭혔던 폭염의 계절은 가고 가을이 오고 있다. 이제 우리의 문화와 정서를 포쇄해야 할 때가 온 것이다. 우리 사회의 정치 문화 경제도 지나친 폭소나 폭식의 부작용에서 벗어나 하늘이 잘 보이는 여치길을 지나가는 자전거처럼 좀 순조롭게 적당하게 잘 굴러갔으면 좋겠다.

화는 어디서 오는 것인가

오늘 아침에 이상한 녀석을 만났습니다. 여치길에서 좀처럼 만날 수 없었던 녀석인데, 이 녀석만 만나면 기분이 좋지 않아요. 참 만나기 싫은 녀석입니다. 하지만 녀석은 어딘가에 숨어 있다가 순식간에 나타나곤 합니다.

오늘은 이런 경우입니다. 새벽 일찍 출판단지에 다녀오는 길이었는데요. 집으로 들어가는 진입로에서 불쑥 차가 튀어나왔습니다. 그 차는 우회전 나는 좌회전을 하는데, 도로변으로 주차된 차들 때문에 쌍방통행이 불가능해서, 한 사람은 양보를 해야 하는 상황이었습니다. 그 차는 앞으로 조금만 직진했다가 피해 주면 되고, 나는 후진을 한참이나 해야 하기 때문에 보통

이런 경우에는 그 차가 직진을 해서 길을 열어줍니다.

동네 주민들은 대부분 그렇게 다니는 길이지요. 그런데 오늘은 이 차가 움직이질 않아요. 아이고, 방문객인 모양이구나 싶어, 가끔 저런 사람들이 있어, 할 수 없다 하면서 후진하려고 하는데, 그때 그 차가 직진을 해서 나는 평소와 같이 좌회전을 했지요. 그런데 열린 창문으로 욕을 하는 듯한 상대의 얼굴을 보았습니다. 순식간에 화가 치밀어 올라 잠시 차를 멈추었습니다. 그러자 그 차는 얼른 우회전을 해서 가버렸습니다. 치밀어 오르는 화를 누르고, 천천히 주차를 하며 잠시 생각했습니다.

도대체 이 '화'는 어디서 오는 것인가? 참 별것 아닌데, 왜 화가 나는 거지?

이런 경우, 화를 참지 못하고 그 차를 따라가 보복 운전을 하면서 멱살잡이나 주먹질을 하는 사람들이 있습니다. 심지어 흉기를 들고 상대방의 차를 부숴 버리는 경우도 있더군요. 미국에서는 총질을 하기도 한답니다. 블랙박스에 녹화된 장면을 보면 참 가관이라는 생각이 들고, 어떤 경우는 동기유발을 한 피해자가 너무 했다고 생각되기도 하지만, 곰곰이 생각해 보면 그냥 지나가면 되는 것 아닌가… 하는 거지요.

내가 좀 억울해도 말이지요. 그건 손해 보는 일이 아니니까 말입니다. 그냥 지나가면 되는데, 그걸 참지 못하고, 마치 흉악범과 같은 취급을 받는 사람들이 있지요. 실제로 흉악범이 되기도 합니다. 그놈의 화를 만났기 때문입니다. 그래서 화가 나에게 나타나면 그 얼굴을 보지 말아야 되겠다는 생각이 듭니다. 놈의 얼굴은 정말 정말 추하기 때문입니다. 그 추한 얼굴은 바로 나의 얼굴이고, 당신의 얼굴이고, 참지 못하는 우리들의 얼굴입니다.

그래요. 이제 알겠습니다. 그 화는 어디서 오는 것이 아니라, 어디로 가는 겁니다. 세상의 모든 일이 왔다가 갑니다. 그냥 가만히 보고 있으면 됩니다. 화는 금방 갑니다. 의외로 매우 빨리 가버립니다. 조금만 생각하고 있으면 그 녀석은 서둘러 가지요. 화가 가고 있으면 이렇게 말합니다.

잘 가라, 내 친구야. 너 때문에 내가 잠시 생각을 했다. 그리고 화를 뒤따라오는 형제가 있는데요. 그 녀석의 이름은 평온입니다. 오늘 아침, 잠시 화가 찾아오고 길게 평온합니다. 단풍이 든 나무를 봅니다. 사람과 달리 나뭇잎은 화가 나도 저토록 아름답군요. 그리고 생각했습니다. 다음에 이런 일이 있으면 내가 시간이 걸리더라도, 길게 후진해서 길을 열어주자. 그게 상책이다. 그래야 녀석이 찾아오지 않을 테니까. 결국 길은 사람이 가라고 있는 거니까.

심야
개표장에서

자정이 넘은 시간, 허리가 뻐근하고 눈앞이 침침하다. 모두들 묵묵히 투표용지를 가름하고 정리한다. 저녁 7시부터 개표장에 도착한 투표함에서 쏟아져 나온 투표용지는 산더미처럼 쌓여 있었다. 시민들의 선택이 특정 번호 옆에 기표된 투표 도장에 나타나 있었다.

간혹 옆자리에서 '아니 이게 뭐냐?'라는 소리가 들린다. 투표용지 모든 번호에 도장을 찍어 놓은 사람, 그것도 모라자서 투표용지 전체에 도장을 찍어 놓은 사람, 아니면 아무런 표식도 하지 않은 사람, 심지어 찍은 자리를 뭉그러트린 사람도 있었다. 투표용지를 펴기 힘들게 여러 번 구겨서 접어 놓은 사람, 종이접기를 한 사람도 있었다. 우리들은 개표를 하다가 짜증을 내기도 하고, 웃기도 한다.

참으로 복잡한 민심이었다. 후보에게 단순하게 도장 한 번 찍는데, 다양하게 자신의 의견을 표출하고 있었다. 도장을 백 번 정도 찍은 사람도 있었다. 투표용지가 벌겋게 술 취한 사람의 얼굴 같다. 이것은 무언의 저항일 것이다. 뭔가 마음에 들지 않아 투표용지에 자신의 의견을 보낸다. 어떤 용지는 비명소리처럼 들렸고, 어떤 용지는 욕설처럼 들렸다. 하지만 단정하게 기표하고 가지런하게 용지를 펴서 넣은 유권자들이 제일 많아서 일하기 편했다.

동네에 따라 정치 성향이 확연하게 보인다는 사실도 현장에서 볼 수 있었다. 어떤 투표함을 보고는 이 동네는 전부 2번이라고 옆에 아줌마가 이야기했지만, 내가 골라낸 용지에는 다른 번호들도 많았다. 하지만 이 지역에서 오래 살고 있는 아줌마들은 이사 온 지 일 년밖에 안된 내 안목을 뛰어 넘었다. 그녀의 예언(?)은 적중했다. 나는 비로소 정치인들의 벽과 길을 동시에 보았다. 심야가 되자 유권자들의 마음이 잘 보였다. 그 마음은 짐작할 수 없었던 어떤 사안에 대해 해답을 제시해 주는 하늘의 별과도 같은 것이었다.

자이니치(재일) 정치학자 강상중은 마음이란 자기가 어떤 사람인지, 지금까지 어떤 인생을 걸어왔는지, '그리고, 그래서' 어떻게 살아갈 건지에 대한 나름의 자기 이해와 밀접하게 맞물려 있다고 했다. 따라서 마음은 인생에 의미를 부여해 주는 '이야기'를 통해서만 이해할 수 있다고. 그가 말한 이야기는 나쓰메 소세키와 토마스 만의 고전적인 소설들이다.

마음이란 산중 수도승들이 갈고 닦는 철학적인 대상만은 아니다. 세속에서 마음은 다양한 형태로 변화하면서 개인과 나라를 움직인다. 때론 치사하고 더럽고 유치하기도 하다. 하지만 눈에 보이지 않아서인지 설명하기도 애매하다. 하지만 강상중은 마음에 대한 사전적 의미를 확대 재해석해 주고 있다. 마음은 그 사회의 시스템과 밀접하게 연결되어 있다. 그의 말대로 한 장의 투표용지를 보면 그가 어떤 인생을 살고 있는지 짐작할 수 있고, 어떤 용지는 이야기를 만들어내기도 한다.

예를 들어 백지 용지를 보면, 그 유권자가 투표장에 가서 기표도 하지 않고, 묵묵히 백지를 투표함에 넣고 걸어가는 마음의 길이 보이는 것이다. 그가 어떤 마음인지는 모른다. 하지만 그가 자신의 동네로 걸어가면서 무슨 생각을 했는지 나름 짐작이 된다. 이 짐작이 창조적으로 확신되면 시나 소설이 된다. 작가의 능력에 따라서는 세계의 명작이 되기도 한다. 이야기는 이렇게 나오기도 하는 것이다.

새벽 두 시, 나와 아내를 개표 아르바이트에 소개한 동네 토박이 아주머니와 우리 차를 타고 집으로 돌아오면서 이런저런 이야기를 나누었다. 그녀는 자신이 지지한 정당이 참패한 결과를 현장에서 확인하고 얼굴이 조금은 어두웠다. 우리는 동네에 도착했다. 소쩍새 울음소리가 들린다. 서로 수고했다고 인사를 하고 다정하게 헤어졌다.

지금도 선거 후유증은 지속적으로 나타나 정치적인 이야기를 만들어 낸다. 이제 다음 총선은 이 년도 안 남았다. 그건 금방 온다. 정치인에게 선거는 매일매일의 일이다. 승리와 패배는 말 그대로 종이 한 장 차이다. 그때도 총선 개표에 참가해서 지역 주민들과 함께 인간의 마음이 어떤 이야기를 만들어내는지 지켜볼 생각이다.

나비가 날아오른다

뇌졸중으로 전신마비가 된 상태에서 움직일 수 있는 신체는 왼쪽 눈꺼풀뿐이었다. 환자는 눈꺼풀을 깜빡여서 문자 신호를 보내고, 그 신호를 받아 편집자는 원고를 만들었다. 이 가혹하기조차 한 원고는 《잠수종과 나비》라는 책으로 프랑스에서 출판되어 한때 화제가 되었다.

입술을 열어 말할 수도 없고, 손가락을 움직여 점자를 더듬을 수도 없는, 신체적으로는 최악의 상태에서 그는 오히려 사람들의 마음을 움직이는 메시지를 전한다. 그것은 이 세계의 어딘가가 자신을 구해 줄 곳이 있다는 믿음이었다. 아니 이 세계가 아니라면 다른 세계의 그 어딘가에 말이다. 그곳으로 나비가 날아간다. 지난 가을에 여치길에서 본 나비들은 모두 그곳으로 날아가는 영혼들이었다. 그리고 겨울이 왔다.

오늘은 하루 종일 잠을 자려고 했다. 무기력해지는 온몸은 책상 앞에 앉아서 버티기 힘들었다. 가끔씩 찾아오는 우울한 감정과 비관적인 생각들은 나를 환자처럼 만들고 있다. 우울증의 일종으로 볼 수도 있었다. 원고를 탈고하고 나서, 인간관계에서 찾아오는 실망감과 나 자신에 대한 걱정이 주요 요인이다. 말로야 내일 죽어도 아깝지 않다고 큰소리를 치지만 그게 어디 그런가. 비록 누추한 삶일지라도 나 혼자서 사는 것이 아니기에 그리 간단한 문제가 아니다. 친구여, 너는 어떻게 생각하는가.

그때 나비가 떠올랐다. 창밖으로 보이는 신록의 기운들, 아직 돋아나지는 않았을지라도 푸른 기운이 감지되는 산과 언덕, 조금만 걸어서 나가면 보이는 한강과 임진강의 모습. 오랜만에 오두산 전망대에 올라 한강과 임진강이 합류하는 지점을 바라다본다. 불과 얼마 전만 해도 한강은 꽁꽁 얼어붙어 있었다. 겨울바람이 만들어 놓은 강물의 파장 때문인지 깨진 벽돌처럼 흉물스럽게 얼어붙은 강물이 어느새 녹아 잔잔하게 흐른다.

이곳은 참 신비로운 곳이다. 한겨울의 추위가 가시자 강이 다시 흘렀고, 북에서 저절로 흘러 내려온 임진강이 남쪽의 한강과 만나고 있다. 강과 강이 만난다는 건 인간과 인간도 저렇게 만날 수 있다는 자연의 숭고한 풍광이다. 요즘 주목 받는 남북정상회담 뉴스는 이곳에 서서 보면 확연하게 느낄 수가 있다. 이 소식은 봄날의 나비가 날아오르는 모습이다.

마치 뇌졸중으로 쓰러진 전신마비의 환자와도 같이 우리 삶도 가끔은 혹독한 절망의 시기가 있을 것이다. 그건 너무나 당연한 일이다. 그때 봄날에 날아오르는 나비를 생각한다. 그 가볍고도 투명한 영혼의 두께는 시인이 아니더라도 감지할 수 있는 희망의 날개이다. 남과 북이 만나는 것처럼 사람도 사람을 만나야 한다. 이 가치는 변함이 없다. 가난하고 누추한 삶일지라도, 그것이 겨울 강물처럼 얼어붙어 있어 소생의 기운이 안 보인다고 할지라도 때가 되면 다 녹고 흐른다. 그 위로 나비가 날아간다.

친구여, 며칠 전에 본 너의 어두운 얼굴 위로 여치길에 사는 내가 나비 한 마리 날려 보낸다. 인생이 어려워도 우리 헤어지지 말자. 우울한 생각 따위는 강물 위로 던져 버리고, 지금 당장 문을 박차고 나와 강을 보아라. 거기에 너를 향해 흘러가는 눈물겨운 인생이 흐르고 있으니. 절망은 희망이 던져주는 싱싱한 미끼일 것이니, 그것을 두려워하지 말자. 저기 나비가 날아오고 있지 않는가!

야시장

올해는 꽃샘추위가 유난스럽다. 4월에 눈이 펑펑 내린다. 일기 예보는 분명히 비가 내린다고 하는데, 파주 여치길에 펑펑 쏟아지는 눈발들은 다시 계절을 되돌리려고 하는 짓인가 싶기도 하다. 낮잠에서 깨어난 고양이와 함께 베란다에서 '이거 뭐야' 하는 마음으로 눈 구경을 하고 있는데, 화요일에 야시장이 열린다는 방송이 들려온다.

마을의 밤 풍경을 화려하게 만드는 야시장은 간헐적으로 우리 동네에서 열리는 잔치 자리이기도 하다. 야시장은 화려한 대형 유통 시설을 생각하면 태양 아래서 촛불을 켜는 일처럼 보일 수도 있다. 하지만 우리 가족은 야시장이 열리면 반색을 하고 마치 여행을 가듯 즐거워하며 기다리기도 한다. 거기에 반드시 물건을 사러 가는 것만은 아니기 때문이다. 마트는 분명히 필요한 물건을 사러 가는 곳이지만, 야시장에서는 물건도 사고 돈으로 살 수 없는 추억을 구할 수 있다.

식구들이 저녁을 먹고 천천히 산책을 하듯이 걸어가는 곳. 그곳에는 지금은 구하기 힘든 저가의 각종 생필품들이 나와 있다. 그리고 튀김과 꽈배기를 비롯해 막걸리도 한잔 할 수 있는 간이 테이블이 차려져 있어, 늦은 시간에는 야식과 함께 사람들이 만나는 장소가 되기도 한다. 기껏해야 200여 세대가 모여 사는 작은 빌라 단지 야시장에서 만나는 사람들은 대부분 동네 사람들이다. 몇 년이 지나도 얼굴도 모르고 지내지만, 아, 저 사람이 우리 동네 사람이구나 싶을 때가 있다.

포장마차가 어른들의 공간이라면, 소형 놀이동산의 기구들은 아이들을 유혹한다. 우리는 놀이기구 쪽으로 걸었다. 이제는 다 큰 딸이 어린 시절에 놀이기구를 타자고 조르던 생각이 나서 내가 말했다.

"아가야, 저거 한번 타 볼까."

"아이구, 아빠. 이젠 안돼. 난 아가가 아니라서 태워 주지도 않아요."

다 큰 딸과 놀이기구를 비교해 보니 딸이 앉을 수도 없을 것 같다. 하긴, 딸 친구들이 애기를 낳았다고 연락이 온다. 허허, 야시장에서 문득 내가 늙었구나 하는 생각이 든다. 아내는 고무줄과 각종 머리핀을 비롯한 알록달록한 여성용 물건이 늘어선 좌판에서 뭔가를 고르고 있다. 처녀 시절에 아내가 백화점에서 물건을 고르던 생각이 난다. 그때와는 많이 달라졌다. 몸도 마음도 이젠 변했다. 하지만 가족을 향한 다정한 마음만은 더 깊어졌다.

나는 여치길에 처음 왔던 이십여 년 전의 일들을 떠올렸다. 청개구리처럼 뛰어다니던 딸이 성장하여 중학교에 들어갈 나이가 되자 신도시로 나갔고, 그 아이가 어른이 돼서 다시 돌아온 고향과도 같은 곳이다. 그 긴 세월 동안 여치길도 우리 가족도 별로 변한 게 없다. 다만 변화가 있다면 서로의 고통에 더 예민하게 반응하는 가족애 정도라고나 할까.

야시장은 참 고마운 장소였다. 문득, 놀이기구를 타는 동네 꼬마 녀석을 보았다. 언젠가는 손자나 손녀가 저기에 타고 있지 않을까? 생각해 보니, 삶이라는 게 빙글빙글 돌아가는 저 놀이기구와 참 많이 닮았다. 그리고 고마웠다. 험하다면 험한 이 세상에서 큰 화를 당하지 않고, 우리 가족이 야시장을 볼 수 있다는 사실이 정말 고마웠다.

팔 부러진 부처

얼마 전에 곡성에서 발견되었다는 부처상의 사진을 유심히 보고 있습니다. 뉴스에서 사진을 보고 바로 배경화면으로 저장을 해놓고, 시간이 날 때마다 우두커니 쳐다봅니다. 언론에서는 우리나라 불상에서는 볼 수 없었던 모습, 즉 '탑을 들고 있는 부처상'이라고 하지만, 저는 탑보다는 한쪽 팔이 부러진 모습이 왠지 마음에 맺힙니다. 왜 그럴까? 천수보살은 천 개의 손, 즉 수많은 치유의 손으로 중생들의 고통을 만져준다고 하는데, 이 부처는 한쪽 팔이 부러졌는데도, 내 마음을 누구보다 더 잘 만져 주고 있습니다.

왜 그럴까? 그건 아마도 내가 지금 저런 모습이 아닐까 하는 생각 때문인지도 모르겠습니다. 부처는 완전한 모습을 보여 줍니다. 그래서 가까이 접근하기에 힘든 존재이기도 합니다. 특히 미륵반가사유상은 팔의 선이 곱고, 손가락이 턱을 괴고 있는 모습이 정말 아름다운 조각 작품으로 남아 있습니다. 국보급의 유물이지요. 그런데 그 아름다운 팔이 부러지면 어떤 모습일까? 단 한 번도 생각한 적이 없었던 일인데, 곡성의 부처는 그것을 아주 잘 보여 주고 있었습니다. 그래요, 부처는 수많은 중생의 아픔을 어루만지다가 팔이 부러진 겁니다.

역시 얼마 전에, 한 이십 년 만에 다시 친구를 만났습니다. 가족끼리도 친하게 지내던 사이였는데 어쩌다가 사소한 일로 인연이 끊어져 버렸습니다. 가끔 그 친구 생각이 나서 전화를 할까 하다가 에이, 말지 뭐, 하는 심경으로 살았는데…. 내가 출연한 텔레비전 프로그램을 보고 부인들끼리 먼저 연락을 했고, 그 친구 역시 나를 보고 싶어 한다고 해서 내가 먼저 전화를 했습니다.

친구는 만나자마자 미안하다, 미안하다를 반복했습니다. 나는 뭐가 미안하냐고 내가 미안하다고 했습니다. 오랜 세월이 지나서인지 백발이 된 모습에 처음엔 어색했지만, 잠시 지나니 그때 그 모습 그대로였습니다. 우리는 동부인을 해서 고깃집에서 밥을 먹고 차를 마시고 헤어졌습니다. 친구는 여럿 있지만 식구가 같이 만나서 지낼 정도로 허물이 없는 사람은 흔하지 않습니다. 그 사이에 친구의 아이들이 다 자라서 하나는 대기업의 연구원이 되었고, 또 하나는 명문대에서 문헌정보학을 공부하고 있었습니다. 할말이 많았지만 앞으로 자주 만나자고 약속을 하고 우리는 헤어졌습니다. 집으로 가는 길에 아내는 친구의 아내가 준 미나리와 돌나물 봉지를 들고 있었습니다. 친구의 모친이 양평에서 농사 지은 것이라고 합니다. 오늘 아침에는 그 나물을 반찬으로 밥을 먹었습니다.

팔이 부러진 부처상은 보관이나 세월 때문에 그런 형상이 되었을 겁니다. 이제야 제가 그 부처상에 마음이 간 이유를 조금은 알 것 같습니다. 산다는 건, 팔이 부러지건 목이 부러지건 다시 이어갈 수 있는 여지가 있는 겁니다. 하지만 그 자리는 원래대로 될 수는 없습니다. 흔적이 남거나 이어붙인 자리가 남아 있는 겁니다. 완벽하게 복원을 한다면 일종의 변형이 됩니다. 그건 원상태가 아닙니다. 상처는 상처대로 두고 치유를 해야 합니다.

이어진 우정의 끈을 다시 묶어 매면서 나는 생각했습니다. 정말 고마운 일이다. 더 늦기 전에 사람 하나를 다시 만났구나. 이것이 바로 부처의 은혜로구나. 나는 팔 부러진 부처를 향해 합장을 하고 조용히 눈을 감았습니다. '고맙습니다. 고맙습니다'라는 말을 속으로 조용히 되뇌었습니다.

내가 아이를 안은 것이 아니라, 아이가 나를 안아 준 것이다

도서관에서 한 아이가 계속 눈에 밟힌다. 갓난아이 하나가 나에게 뽈뽈뽈 기어왔다. 도서관 마루에 앉아 있는데 마치 먹이를 발견한 짐승처럼 나에게 기어와서는 내 무릎 앞에서 겨우 일어나더니 엎어지듯이 나를 포옹했다. 두 팔로 나를 포옹하고는 '아빠, 아빠'라고 옹알이 소리를 하는데, 너무 귀여워서 그저 웃기만 했다.

아이가 나에게 달려들자 곁에 있던 젊은 엄마는 '아이고, 이런…, 이런' 하면서 아이를 떼어내려고 한다. 엄마의 손길에 나에게서 조금 떨어진 아기가 다시 획 돌아서서는 나를 다시 한 번 포옹해 주었다. 아이가 너무 귀엽고 사랑스러웠다. 그 한줌의

살덩이를 안아 들고 있으니 향기가 돌고 부드러운 촉감이 몸으로 전해진다. 행복했다.

천사란 이런 존재가 아닌가 싶었다. 다시 아이를 떼어내 엄마의 품에 돌려주려는데 아이가 나를 향해 고개를 돌리면서 '아빠, 아빠' 한다.

엄마는 당황해서 말했다.

"죄송합니다. 이 아이가 잘 이러지 않는데 이상하네요. 아이를 안아 주어서 고맙습니다."

나는 고개를 저으면서 말했다.

"괜찮습니다. 오히려 아이를 안게 해주어서 내가 고맙습니다."

아이가 내 품에 안겨 있는데 움직일 때마다 향기가 난다. 나는 아이를 번쩍 들어 엄마에게 넘겨주었다. 아이를 상대로 끔찍한 일이 일어나는 요즘 같은 세상에 남의 아이를 안는다는 것도 눈치가 보이는 일이다. 하여간 나는 그날 천사를 보았다.

그리고 이런 생각이 들었다.

'내가 아이를 안은 것이 아니라, 아이가 나를 안아 준 것이다.'

사실 그 전날 나는 극심한 스트레스를 받았다. 어떤 일이 있어 다급하게 어디론가 달려가서 사람을 만나고, 그와 대화를 하고, 다소 걱정스러운 결론을 내고는 의기소침해 있었던 것이다. 문제의 본질은 인간에 대한 불신감이었다. '도대체 누구를 믿을 수 있단 말인가'라는 회의감에 젖어 현기증이 날 지경이었다. 그런데 그 다음날, 전혀 알지도 못하는 아이가 엉뚱한 장소에서 나에게 다가와 포옹을 했으니. 이것은 어쩌면 신의 계시처럼 느껴지는 것이다. 그 아이의 등에는 천사의 날개가 달려 있었다. 비록 엄마들이 만들어준 인조 날개이지만, 그 날개를 퍼덕거리면서 엄마 품에 안겨 가는 아이를 보면서 나는 잠시 천사를 본 것처럼 생각한 것이다. 이 사소한 일이 사막에 사는 연금술사의 기적처럼 여겨진다.

세상이 지옥처럼 여겨질지라도 천사들이 산다. 사실 천사가 가장 필요한 곳이 지옥이 아니겠는가? 가까운 소식에서부터 먼 소식까지, 법정구속을 당하는 사람들의 사연이 끔찍하기도 하고 가련하기도 하다. 때론 세상이 지옥처럼 보이는 이유다. 하지만 대문을 열고 나서면 보이는 나무와 풀처럼 소소하지만 다정한 사람들이 내 주위를 가득 채우고 있다.

우리들은 포옹에 익숙하지 않다. 성리학 전통 속에서 이어져 온 우리나라의 문화가 서로 몸을 끌어안는 것은 유별난 행동으로, 점잖지 못하게 여기는 정서가 있기 때문이다. 하지만 예외가 있다. 대부분의 사람들이 갓난아이 안아보기를 좋아하는 것이다.

나는 아이를 좋아하지만, 이미 내 아이가 다 자라 성인이 되었기에, 갓난아이를 안아볼 기회가 거의 없다. 그저 다 자란 딸을 보면서 '저 녀석이 어렸을 때는 참 좋았는데'라는 생각을 하는 정도다. 그래서 전철이나 거리에서 젊은 엄마들이 아이를 유모차에 태우고 가는 모습을 보면, 세상에 평화란 저런 것이 아닌가 싶다. 아이와 엄마가 함께하는 모습은 이 세상에 천사들이 산다는 증거이기도 하다.

그래, 그날 나는 작은 다리를 건너간 기분이 들었다. 그것이 마포대교일 수도 있다. 다리는 여기에서 저기로 우리를 옮겨다 준다. 다리가 없어서 혹은 있어도 갈 수 없는 곳, 그곳이 바로 지옥이다. 하지만 다리는 어디에나 있다. 세상은 그래서 살 만하고 아름다운 곳이다.

까치의 공격

까치 새끼가 떨어졌다. 마침 그 자리가 지하로 진입하는 건물 주차장 입구여서 자칫하다가는 작은 것이 바퀴에 깔려 빈대떡이 될 지경이었다. 나는 둥지를 올려다보았다. 까치 둥지는 건물 외벽에 설치된 대형 간판에 아슬아슬하게 매달려 있었다. 거 참, 어쩌자고 저기에다 둥지를 틀었단 말인가. 떨어진 새끼를 발견한 어미 까치가 비명소리를 지르듯 짖어대고 있었다. 갑자기 난리가 난 듯 주위가 소란스러워졌다.

새끼 까치 머리 위로 모두 두 마리의 까치가 있었는데, 한 마리는 둥지 쪽에서 짖어대고, 또 한 마리는 새끼 근처의 가로수에 내려 앉아 날카로운 부리를 쩍 벌리고 짖어대고 있었다. 주차장으로 진입하는 차량 한 대가 아슬아슬하게 새끼 까치를 지나갔다.

커피 집 테라스에서 커피를 마시면서 모든 상황을 지켜보고 있던 나는 급하게 그쪽으로 뛰어갔다. 아직 날지를 못해 빽빽대기만 하는 녀석을 손으로 잡으려고 하는데, 날카로운 발톱이 내 머리카락을 스치고 지나간다. 관자놀이에 바람이 일 정도로 급하게 하강한 까치의 갑작스러운 공격에 획 소름이 돋았다. 새끼는 종종걸음으로 내 손길을 피한다.

"이런, 야 이 녀석아. 널 구해 주려는 거야."

마침 지나가던 사람들 서넛이 멈추어 서서 까치를 보고는 저를 어째 하면서 안타까워하고 있었다. 그래도 새끼 까치를 구하기 위해 다시 한 번 손을 쓰려고 했으나, 가로수 나뭇가지에 매달려 바로 하강하려는 까치의 사나운 기세에 눌려 멈칫거릴 수밖에 없었다. 새는 날카로운 부리와 발톱을 가지고 있는 공포였다. 나의 측은지심과는 아랑곳없이 까치 두 마리가 한꺼번에 하강을 하면서 또다시 공격해 와서 결국 그 자리를 물러날 수밖에 없었다. 내 눈이라도 쪼아댈 기세였다. 겁이 나서 물러나자 두 마리의 까치가 번갈아 가면서 상승과 하강을 반복하고 비명소리를 질렀다. 참 별일이 다 있다 싶었다.

대프니 듀 모리에(Daphne du Maurier, 1907-1989)의 소설 〈새〉는 히치콕 감독의 영화로 더 유명하지만 아주 인상적이 첫 문장이 각인되어 있는 탁월한 소설이다.

"12월 3일, 하룻밤 만에 바람이 바뀌더니 겨울이 되었다. 전날까지만 해도 기분 좋은 가을 날씨였다. 황금빛과 붉은빛을 띤 나뭇잎이 나무에 매달려 있고 산울타리는 여전히 푸르고 쟁기가 지나간 흙은 무척이나 기름졌다."

특히 첫 문장은 내 노트에 따로 적어 놓을 정도로 좋아하는 문장이다. 서스펜스 넘치는 소설을 끌고 나가는 힘찬 기운이 넘쳐나기 때문이다. '하룻밤 만에' 겨울이 되었다. 그리고 작은 해변 마을에 새들의 공격이 시작된다. 순식간에 모든 상황이 돌변한다. 정말 기가 막힌 단순한 문장이다.

사실, 문학에서 새는 '파랑새'를 비롯해서 지상에 살고 있는 우리들에게 희망과 동경의 대상이 되기도 한다. 낭만주의 문학에서 새는 보들레르를 비롯해 많은 시인들이 노래한 매우 중요한 문학적 장치이기도 하다. 우리 시에서도 천상병의 〈새〉를 비롯해서 좋은 작품이 많이 있다. 하지만 모리에는 다른 각도로 새를 바라보고 있다. 그녀도 나와 같은 경우를 당한 것은 아닐까라는 생각이 들었다. 그녀의 다른 소설들도 그러하지만 새들을 통하여, 그 무리지어 날아오르는 비상과 하강을 통하여, 인간이 처한 중요한 이야기를 풀어간다. 즉, 공포와 서스펜스가 우리 일상의 벽장에 숨어 있고, 순식간에 상황이 바뀌면서 고통과 죽음이 남의 일이 아님을 설득력 있게 이야기한다.

그날, 한가하게 커피를 마시다가 새의 공격을 받고 간담이 서늘해진 나는 그녀의 대단한 단편소설 몇 편을 읽고 마음을 진정할 수 있었다. 그리고 그 자리를 지날 적마다 간혹 까치의 공격에 대해서 생각한다. 아주 연약하다고 생각되는 어떤 존재가 갑자기 무서운 존재로 둔갑하는 것은 새뿐만이 아니다.

토막 살인사건을 비롯해서 여러 가지 사건 사고들은 새들의 공격과도 같은 특성을 지니고 있다. 무엇인가 잘못 건드리면 소통이 불가능해지고 무서운 공격을 하는 사람들. 우리는 새가 아니기에 대화를 할 수가 있다. 만약에 까치가 인간과 의사소통이 가능하다면 내 행동을 이해하고, 어쩌면 정말 고맙다는 말을 하고 다시 날아갔을 것이다. 서로 이해하지 못하는 상태처럼, 말이 통하지 않는 상태처럼 두렵고, 고통스러운 것은 없다. 새들의 공격으로 폐허가 되어가는 소설 속의 작은 마을처럼 우리가 살아가야 할 사회를 방관할 수는 없다.

인도양에서의 구걸

비가 내리고 있다. 문득 모 방송 여행 프로그램의 큐레이터로 보름 정도 여행한 인도양의 보물 섬, 스리랑카의 기억이 났다. 그 중에서도 스님들과 함께했던 탁발과 인도양에서 보낸 한나절이 기억났다.

우선 불교국가에서 스님들의 위상은 절대 존엄이다. 현자들에 대한 존경심의 자리에 돈이 들어선 우리나라에서는 짐작하기 힘들다. 스리랑카를 이해하기 위해서는 스님들의 삶을 보아야 한다.

동자승들이 모여 스님 교육을 받고 있는 사찰에서 있었던 일이다. 아침에 그들의 뒤를 따라 탁발을 했고, 그것이 방영되었다.

그것을 본 장모님이 한 마디를 한다.

"아니, 자네는 왜 텔레비전에서 구걸을 하고 다니나?"

"구걸요?"

"조끄만 중들 뒤따라 다니면서 말이야?"

"아, 탁발 말씀하시는군요."

물질에서 벗어나기 위해 가장 적은 물질을 취하는 행위를 불가에서는 탁발이라고 한다. 대신 수도승들은 수행에 필요한 열량을 얻기 위해 적게 먹는다. 스님들에게 밥을 전해 주는 신자들은 그날 지은 첫 밥을 정성스럽게 품에 지니고 있다가 절을 하고 소원을 빈다. 부처님이 고행을 마치고 마을 처녀에게 얻었다는 죽이 기원이다. 거룩한 종교적인 행위인 것이다.

기독교 신자인 장모님의 한 마디는 왠지 비아냥거리는 것 같아 불쾌했지만, 그저 허허 웃어 넘겼다. 가족끼리 종교나 정치 이야기는 하지 않는 것이 좋다. 특히 보수적인 기독교인 장모님과는 더욱 그렇다. 내가 장모님은 왜 일요일마다 교회에 십일조를 하면서 거룩한 교회를 거지로 만드느냐고 말할 수는 없는 일이 아닌가. 분쟁과 전쟁은 이렇게 시작되는 것이다. 나는 졸지에 장모님이 즐겨 보시는 프로그램에서 구걸을 한 거지처럼 여겨지는 기분이 들었다. 그래 장모님 말씀이 맞을지도 모른다. 나는 거지일 수도 있다고 여겨 버렸다. 세상의 가장 낮은 곳에서 사는 이들의 마음을 모르고 무슨 글을 쓴단 말인가?

그리고 인도양에서 어부들과 돛단배를 타고 보낸 한나절이다. 그건 정말 힘들었다. 노를 저어야 하고 돛을 올려야 하기에 힘이 든다. 햇볕을 가릴 수가 없어 온몸이 타버리는 느낌이 든다. 하지만, 그들과 어울려 노래를 부르면서 노를 젓고 그물을 올리면서 도시의 한구석에 에어컨 틀어놓고 글을 쓰고 앉아 있는 내 정신에 힘을 주었다.

그들이 잡아 올린 물고기들은 거룩한 양식이면서 생계를 이어가는 돈으로 환전된다. 가난한 어부의 고통을 함께하고자 했지만, 인도양의 뜨거운 태양은 그런 생각 따위는 태워 버린다. 우선 잘 살아야 한다는 생각이 들었다. 그리고 나보다 더 고생하는 방송국의 직원들, 피디와 카메라맨은 좋은 장면을 얻기 위해 위험한 상황과도 마주했다. 결국 인도양에서 나는 또 다른 탁발, 아니 구걸을 하고 있었다. 밥 한 그릇이 아니라, 내 메말라 버린 감성과 생명에 대한 경외감을 구걸하고 있었다. 이런 고통들이 나를 끊임없이 성장하게 한다.

이국이 아니더라도, 우리는 특정한 장소에서 경험을 한다. 때론 기억하고, 때론 추억한다. 기억은 학생이고 추억은 선생이다. 그때의 힘든 기억을 나는 아름다운 추억으로 만들고 싶다. 구걸이 아니라 탁발이고, 고생이 아니라 성장이라는 추억으로 말이다.

잠깐, 눈을 감았다 뜨니 삼십 년이 흘렀다

대학 도서관 앞 벤치에서 길게 누워 낮잠을 자곤 했었다. 낮잠이라기보다는 잠깐 눈을 붙이는 정도다. 삼십 년 만에 다시 찾은 학교를 한 바퀴 돌고, 도서관의 벤치에서 그 시절을 떠올리면서 길게 누웠다. 가방을 베개 삼아 눈을 붙이고, 대학 신문으로 얼굴을 덮었다. 학생들이 지나가는 소리가 들리고 햇살이 나뭇가지 사이로 비집고 들어와 내 얼굴에 떨어진다. 바람이 불어 신문이 깃발처럼 펄럭인다. 한 손으로 신문을 단단히 잡는다. 모든 게 똑같았다. 눈을 감았지만 마음이 어수선하여 다시 일어나 앉았다. 주위를 돌아보니 삼십 년 전의 내가 여기저기에서 돌아다닌다. 잔디밭에 호수로 뿌린 물방울처럼 신선한 학생들이다.

그 시절에 나도 저러했겠지….

잠깐 눈을 감았다 뜨니 삼십 년이 흘렀다. 물론 그 사이에 많은 일들이 있었지만, 그것은 강물처럼 반짝거리면서 흘러갈 뿐 아무런 흔적이 없다. 한순간에 삼십 년을 살아버린 느낌이 들어 허무하기조차 했다. 도대체 여기가 어디란 말인가? 도서관 앞에서 여기라니? 이젠 이런 어리석은 질문도 한다. 한밤중에 집안에 든 도둑처럼 검은 머리카락 사이로 백발이 돋아 오르고, 읽고 싶은 책은 물론이고 가까운 사물이 잘 안 보이는 노안도 친구처럼 찾아왔다.

인생이 잠깐 눈을 감고 뜨니 삼십 년이 흘러간 것 같은 감상에 젖었다. 그때 잠시 나를 돌아보게 하는 계기가 된다. 생각해 보면, 그래도 아직은 괜찮은 것이 아닐까? 나는 아직, 한평생을 살다가 죽기 전에 부른다는 〈백조의 노래〉를 아직 부르지 않았으니까. 더 열심히 살아야 할 것이다. 아무리 인생이 덧없다고 해도 그것은 지나고 나서의 이야기일 뿐이고, 가야 할 길이 멀다. 다시 자리에서 일어나 학생들 앞에서 문학 강연을 하고, 선생들과 어울려 밥을 먹고 집으로 돌아와 보니, 밀린 세금과 여러 가지 문제들이 산적해 있다. 정신을 바짝 차려도 살기가 만만치 않다.

지나고 나서 보는 길과, 지나가야 할 길을 보는 마음은 천지 차이다. 영원을 살 것처럼 이상을 꿈꾸고 내일 죽을 것처럼 살려고 한다. 우리가 따로 혹은 같이 걸어가야 할 길의 마음은 금강석처럼 단단하게 빛나야 한다. 비록 내가 도서관 앞에서 잠깐 눈을 뜨고 감는 사이에 삼십 년의 세월을 살았지만, 그것은 앞으로 삼십 년이 얼마나 빨리 흘러갈 것인지에 대한 신의 경고일 수도 있다.

잠깐 삼십 년이다. 이제 한 번쯤 서 있는 자리에서 뒤돌아보자. 불과 얼마 전에 새해라고 하지 않았던가? 올 여름은 무척 더울 것이라고 한다. 그것은 지난겨울의 추위가 물러간 것처럼 아마도 금방 지나갈 것이다. 하지만 그 더위 속에서 내가 할 일을 한번 정리하고 넘어가자. 대나무의 마디를 생각한다. 한 마디 한 마디가 이어져 꼿꼿한 대나무가 된다. 인생은 결코 꿈이 아니다. 그것은 반드시 지나가야 할 돌과 바위로 된 파도이고, 먼 하늘에 걸려 있는 무지개를 쫓아가는 지난한 여정이다. 오랜만에 다시 찾은 대학 도서관 앞에서 나는 다시 삼십 년 후의 내 모습을 생각했다.

그래, 그때가 오더라도 너무 놀라지 말자.

풀

김말이는 주로 삶은 당면을 소로 해서 김 옷을 입힌 튀김이다. 김을 펼쳐놓고 참기름, 간장, 후추 등으로 양념을 한 삶은 당면을 적당히 넣고 김밥을 말듯이 만다. 그리고 찹쌀가루로 쑨 풀로 김말이를 동그랗게 붙여서 이어준다. 김말이는 풀이 없으면 말아지지 않는다. 김과 풀이 김말이를 완성한다. 만약에 풀이 없다면 김말이는 없다.

나는 김말이를 할 때마다 누군가에게 편지를 보내는 느낌이 든다. 음식이란 결국 편지가 아닐까? 세상 어떤 사람이든 음식을 먹어야 한다. 갈증과 굶주림처럼 무서운 것은 없다. 음식은 그것이 육류이건 식물이건 간에 모두 사람들에게 자연이 보내는 편지이다. 든든히 먹고, 이제부터 잘 살아보라고 자연이 보내는 생명편지인 것이다. 사람들의 위장이 그것을 읽어내고 힘을 내서 살아가는 것이다.

나는 풀을 쑤고 있다. 찹쌀가루에 물을 붓고, 천천히 가열을 하면 어느 순간에 빽빽하게 풀의 점도가 높아진다. 처음엔 물을 휘젓는 가벼운 느낌이지만, 찹쌀가루 물을 담아놓은 용기를 가열하면, 어느 순간에 액체가 응고되면서 빽빽한 느낌이 온다. 이 감각을 언제 느낀 적이 있었다. 그래…, 내가 시를 쓸 때였다. 시를 쓰면 내 주위로 소용돌이치면서 몰려드는 것들이 있었다.

나무와 풀, 바람과 바다, 태양과 사막, 이웃집 아이의 웃음소리, 길거리에 떨어진 담배꽁초, 상큼한 향기를 흘리고 지나가는 소년 소녀들, 사랑하는 연인들의 눈빛들. 이 모든 것들이 빽빽하게 밀도 있게, 주위의 모든 것들이 응집된다. 적어도 나에게 시가 필요한 이유는 바로 풀과 같은 용도가 아니었을까. 서로 떨어져 있는 것들을 붙이는 그런 풀이었다. 내 시는 일단 자꾸 떨어져 나가려고 하는 나의 영혼과 육체를 붙여주었다.

그래서 세상에서 떨어져 나갈 위기를 견디면서 살 수 있었다. 요즘엔 창문 너머로 영혼이나 육체가 사라진 느낌이다. 그것이 영혼인지 육체인지 아니면 둘 다인지 모르겠다. 왜 그런 것일까? 그건 바로 풀이 없기 때문이다.

풀이 다 말라 버렸다. 그렇다면 다시 풀을 쑤어야 한다. 나는 곁에 둔 시집을 뽑아 들었다. 서가의 한구석에서 조용히 나를 바라보고 있던 그 시집. 애써 외면했던 시집을 손에 들고 내려다 본다. 문득, 절벽 위에 서 있는 것 같다. 어디선가 바람이 불고 있다. 책장을 넘길 수가 없다. 책장을 넘긴다면 내가 감당할 수 없는 일들이 벌어질 것 같다. 나는 다시 시집을 책상 위에 올려놓고, 한숨을 한 번 쉬고, 고개를 조금 떨구고 가만히 있었다. 과연 나는 무엇을 두려워하는 것일까?

그녀의 시집을 아직 펼쳐보지 못했다. 그것을 펼친다면 겨우겨우 견디고 있던 나의 일상이 모조리 무너져 버릴지도 모른다. 나는 흰 종이를 한 장 책상에 펼쳐 놓고 시를 쓰려고 시도한다. 첫 줄만 쓰면 되는데, 그럼 뭔가 흘러나오는데, 그것이 접착제인 풀처럼 달라 붙어야 되는데. 그렇게 거창할 필요도 없고, 깊은 사상의 편력이 느껴지지 않아도 된다. 순수하고 아름답지 않아도 된다. 김말이 같은, 김과 김을 이어주는 풀 같은, 지금 이 느낌을 그대로 적어내면 된다. 그런데 지금 이 느낌을 적을 수가 없다. 그렇다면….

"그녀가 나의 따귀를 갈기고 떠나 버린 지 벌써 수년이 흘렀다." 이렇게 적고 다음 문장을 기다려 본다. 서사가 이어질 것 같다. 그러다가 '따귀를 갈기고 바람처럼 떠난 버린 지 수년이 흘렀다' 하고 고쳐 본다. 아니, 아니야. 바람처럼은 필요 없다. 그냥 '떠나 버린 지'로 한다. 감정을 자제하자. 그래야 더 감정이 되살아난다. 뭐든 간에 드러내려고 하면 숨는 법이니까. 그녀에게 따귀를 맞은 자리를 손으로 더듬어 보다가 드디어 시집 첫 페이지를 열었다.

무엇인가 가벼운 것이 철썩, 나의 영혼이 따귀를 맞았다. 아프다.

고양이 상처

내가 사랑하는 고양이 한 마리가 있다. 아주 예쁘고 낭만적인 고양이다. 이름은 도토리. 처음 봤을 때, 너무 작아서 도토리라고 불렀다. 이 녀석이 가끔 심하게 치대면서 안아 달라고 조를 때가 있다. 품에 안고서 가만히 있으면 온몸을 완전히 밀착시키곤 팔에 기대어 잠이 들기도 하는데, 따뜻하고, 귀엽고, 사랑스럽다. 고양이를 자주 안아 주면 발톱 때문인지 팔이나 가슴 같은 곳에 긁힌 자국이 있다. 아주 가끔 그렇다.

아마 그날도 그 전날 고양이가 품에 있다가 밖에서 들리는 소리에 펄쩍 뛰어나가면서 팔뚝 안쪽에 몇 군데 스크래치가 난 모양이다. 일부러 손을 비틀어서 보지 않으면 알 수가 없는 자리다. 도서관에서 만난 출판사 직원과 이런저런 이야기를 하고 있는데, 고등학교 후배이기도 한 그가 말한다.

"선배님, 팔에 무슨 상첩니까?"

"응, 어디에?"

"팔뚝에 못 같은 데 긁힌 것 같은데요."

"어디, 어디."

나는 오른손 주먹을 쥐고 팔뚝을 가슴 쪽으로 틀어 확인을 해본다. 참으로 교묘하게도 내 눈에는 잘 띄지 않는다. 우리 몸이라는 게 우리가 볼 수 있는 부분이 절반 정도나 될까. 거울을 통하지 않고는 온몸을 모조리 확인하는 것이 불가능하다. 달의 이면처럼 우리 몸도 우리가 볼 수 없는 곳들이 있다. 그곳은 타인들이 본다.

더군다나 등 같은 경우에는 간지러워도 아슬아슬하게 닿지 않는 부분은 얼마나 간질간질하고 참 답답한가. 조금만 더 가까이 있으면 닿을 수 있는데 말이다. 그런 마음이 시 쓰는 마음이라고, 그런 상태가 살아가는 이유라고 생각한 적도 있었다. 하지만 조금만 자세를 바꾸면 상처를 확인할 수 있는데 우리는 그냥 넘어가곤 한다. 무심하다기보다는 그냥 스쳐 지나가는 것이다.

이것은 일종의 '망각' 같은 것이 아닐까. 꼭 확인하지 않아도 살아가는 데는 불편하지 않으니. 하지만 그것도 상처는 상처다. 상처가 이 정도라면 결국 이 상처는 고양이, 하, 그래 고양이 녀석이구나 싶었다. 뭐든 사랑하게 되면 그런 거다. 너무 가까이하다 보면 상처가 생기는 거다. 우리는 그렇게 상처를 입으면서도 더 가까이 있고 싶어 하고, 더 가까이 있다가 가벼운 상처를 입는다. 그건 상처라기보다는 사랑의 흔적이다. 삶의 흔적은 그렇게 생기는 것이다. 이런 흔적이 요즘엔 자주 보인다.

그것이 오랜 세월이 지나면 주름이 된다. 나무로 치면 나이테가 생기는 것이다. 나무의 나이테처럼 마음속에 앙금이나 오해, 실수 이런 것들이 모이고 모여 사람을 단단하게 만든다. 생각해보니 참 많은 사람을 만났다. 그 많던 사람들은 지금 다들 어디에 있을까. 한 시절 잘 어울리다 어쩌다 못 만나게 되고, 그것을 결별이라고 하기도 그렇고, 그냥 잊고 지내는 사람들의 소식이 가끔 뉴스나 풍문으로 전해져 온다.

아주 젊었던 시절 잘 알고 지냈다고나 할까, 하여간 종로나 인사동의 술집에서 만나 술잔을 기울이기도 하고, 문학 이야기를 나누었던 친구가 먼 이국에서 말기 암에 걸렸다는 소식. 그녀의 책을 방송국에서 우연히 보고 잠시 가슴이 턱 막히면서 답답했다. 이건 일종의 고양이 상처구나 싶었다. 그날 출판사 직원은 나에게 연고제를 꺼내 발라주면서 말했다.

"선배, 이제 우리는 나이가 들어 이런 상처를 잘 관리해야 돼요. 저도 이런 약 같은 건, 잘 안 쓰는데 말이죠. 요즘엔 작은 상처에도 약을 바르려고 하죠. 예전엔 안 그랬는데 곪거나 더 커지곤 해서 말이죠."

"음, 그래. 정말, 그렇군.

그는 손에 약을 묻혀 정성스럽게 내 팔뚝에 난 상처에 발라 준다. 난 아이처럼 팔뚝을 내밀고 고마운 손길을 받는다. 참 고마운 일이다.

우리 눈에는 잘 보이지 않는 가벼운 상처가 있다. 통증도 별로 없고 흔적도 그리 크지 않지만 타인의 눈에는 잘 띄는 그런 상처가 있기 마련이다. 그걸 나는 '고양이 상처'라고 부른다.

내가 고양이를 기르게 된 이유가 있다. 그것은 아주 우연히 만난 인연이었다. 처음엔 뱀 때문이었다. 아마도 그 뱀이 아니었다면 나는 고양이를 기르지 않았을 것이다. 사연을 살펴보면 이렇다. 어느 여름날, 거센 비바람이 지나가고 나서 내 지하 작업실에 뱀이 한 마리 들어와 있었다. 내 지하 작업실은 서울 광화문 근처인 서촌에 있는데 도대체 어디서 뱀이 흘러 들어왔을까. 뱀을 발견한 순간 나는 '저놈을 어떻게 해야 하나' 잠시 생각했고, '생포해서 밖으로 풀어줄 수도 없고, 어쩌나'라는 생각에 옆에 있던 콜라병으로 대가리를 눌러 죽여 검은 봉투에 담아 쓰레기통에 버렸다. 달리 다른 선택을 할 수가 없었다. 그렇다고 뱀을 살린답시고, 관광 명소인 서촌 거리에 풀어주면 뒷감당이 안된다.

거의 결벽증에 가까울 정도로 건물을 관리하는 까다로운 건물주는 또 어떤가. 순식간에 나는 살생을 선택하고 실행했다. 생명을 죽였다는 참 불편한 마음에 한동안 사로잡혔다. 이건 참 고통이다 싶었다. 하지만 뱀이라는 동물은 강아지나 고양이와 다르다. 그건 왠지 그렇게밖에 할 수 없다는 생각이 든다.

그 뒤로 한 달이나 지났을까. 어디선가 고양이 울음소리가 들려왔다. 이건 또 뭐야 하는 생각이 들었다. 고양이는 지하 작업실과 연결되는 건물의 계단 안쪽 깊숙이 숨어 있었다. 울음소리가 너무나 간절하고 절박해 보였다. 굶어 죽어가는 사람들의 신음소리와 놀라 소리치는 비명소리를 합쳐 놓은 것 같다고나 할까. 하여간 여자아이 주먹만한 새끼고양이는 갈비뼈가 다 드러날 지경이었지만 절박하게 소리쳤고, 나는 그 부름에 응답한 신도처럼 그 녀석에게 다가갔다.

내가 다가가자 처음에 고양이는 심하게 하악질을 했다. 정말 말 그대로 한 주먹거리도 안되는 새털처럼 가벼운 녀석이었지만, 생명을 지키고자 하는 삶의 의지는 대단했다. 어찌나 저항을 하는지 약간의 공포감을 느낄 정도였다. 하지만 더 다가갔다. 녀석은 날카로운 발톱으로 나를 공격할 태세였다. 어쩌다가 태어난지 얼마 안되어서 이 예쁜 녀석이 어미의 품에서 떨어졌을까?

결국 굶주림에 지친 녀석을 위해 동네 슈퍼에서 참치와 우유를 사다가 조금씩 나누어주었다. 점점 고양이는 살이 올랐다. 하루에 한 번 담배밖에 사지 않던 내가 간헐적으로 우유와 참치를 사자 슈퍼 주인이 말했다.

"선생님, 요즘에 우유하고 참치 드세요?"

"허허, 내가 먹는 게 아니고, 길고양이가 작업실 계단에 들어와 있어서."

"아아, 그러시구나. 어쩐지. 저기 반려 동물 코너에 고양이 사료 있어요. 그거 먹이세요."

"어, 그렇군요. 그래요."

고양이는 내가 준비한 사료를 먹고 며칠 만에 제법 뽀얀 자태를 보였다. 굉장히 귀여웠다. 작고 예쁘다. 정말 예쁘다. 그래서 나는 그 녀석에게 이름을 지어 주었다. 도토리라고. 시인 김춘수 선생의 말처럼 내가 '도토리'라고 고양이를 부르는 순간, 녀석은 나에게 어떤 의미가 된 것 같기도 하다. 하지만 항상 거기서부터 모든 문제는 시작된다. 아이고, 참, 사는 게 그렇다. 또 감당하기 힘든 일이 벌어졌다. 이 녀석의 형제로 보이는 다른 녀석들이 모여들었다. 모두 여섯 마리였다.

'아이고, 이런.'

녀석들은 도토리의 사료를 거의 다 먹어 치웠다. 토토리는 같은 종끼리의 먹이 사슬에서 한참을 밀려나 있었다. 도토리가 혼자 낙오한 이유를 알 것 같기도 하다. 도토리는 다른 놈들에 비해 약하고 착하다. 그래서 사는 게 힘든 거다. 갑자기 감정이입이 되었다.

나도 그런 편이기 때문이다. 에이 씨, 모르겠다. 나는 사료를 모두에게 골고루 나누어 주었다. 그러자 언젠가부터는 녀석들의 어미로 보이는 꽤 덩치가 있는 고양이가 계단 위쪽에 있다가 식사를 했다.

뱀을 죽인 죄책감으로 고양이를 살렸는데, 이곳이 마치 난민 구호센터처럼 변해 버렸다. 대여섯 마리의 고양이들은 태평양과 대서양을 건너온 난민들처럼 보였다. 어쩌나, 이젠 정책적인 판단을 해야만 했다. '그래 살리자'라고 결정했지만, 나는 가난한 세입자이고 건물주는 생각이 달랐다. 건물주는 계단으로 내려오는 고양이 무리를 향해 폭력적으로 소리를 질렀다. 약간의 결벽증이 있던 건물주는 고양이들을 향해 발로 차고 하면서 거칠게 고양이를 쫓아 내고 나서 말했다.

"이제 이 자리에 치약을 놓고 식초를 뿌리시면 됩니다."

약간의 폭력, 그리고 치약과 식초 덕분에 고양이들은 사라졌다. 뭔가 허전하다. 가끔 녀석이 걱정이 되기도 했다. 어느 날 밤, 녀석의 울음소리가 다시 들렸다. 나는 지하 창문으로 다가가 말했다. 반가운 마음에 말을 걸었다.

"너냐, 왜 어디 갈 데가 없어?"

"야아옹."

"그래, 어서 일로 들어와라."

“야아옹, 야아옹.”

“보고 싶었다.”

“야아옹, 야아옹, 야아아아옹.”

“어서 들어와.”

나는 지하 창문을 열었다. 녀석은 펄쩍 뛰어 들어와 내 품에 안겼다. 그렇게 고양이를 작업실로 들이고 책 상자에 담요를 깔아 주었다. 그리고 그날 심야에 고양이를 품에 안고 집으로 가져다 기르기 시작했다.

그때부터 내 몸엔 고양이 상처가 생겼다. 우리 삶의 모양이 이렇다. 다들 고양이 상처가 몸에 생기는지도 모르고 산다. 그러나 어느 날, 누군가의 눈에 띄면 그 모양이 드러난다. 상처가 아름다울 리는 없다. 그건 감염이 될 수도 있고, 위험한 일이다. 이런 작은 상처들이 몸과 마음에 생겨 피부에 주름이 생기고 조금씩 늙어간다. 나를 위해 살고 너를 사랑한다면, 고양이 상처를 다들 몸에 새기면서 사는 거다. 그러다가 다른 세상으로 간다. 그래, 그런 거다.

후기

가끔, 나는 손바닥에 글자들을 쓴다.

왼쪽 손바닥에 오른쪽 검지로 뭔가를 쓰고 그것을 꼭 쥔다. 그리고 눈을 감고 기원한다. 방금 쓴 글자가 현실이 되기를. 예를 들면 위안이라고 쓰고, 사랑이라고 쓰고, 용기라고 쓴다. 그러면 그것이 현실이 된다고 믿는다. 비록 시간은 조금 걸릴지라도.

어려서부터 습관이 된 이 버릇은 점점 성장하면서 원고지로, 모니터로 옮겨간다. 내가 손바닥에 뭘 쓰고 있으면 도대체 뭘 그렇게 쓰냐고 딸이 묻곤 한다. 대답 대신에 그냥 웃는다. 글의 근원은 손바닥에 쓸 수 있는 간단한 한글과 한자로 쓴 단어들이었다. 道, 禪, 꿈, 별, 넋, 섬, 음악 등등, 이토록 간단한 단어들이 거대한 작품의 원형이다. 생각해 보면…, 세상의 모든 위대한 작품은 손바닥에 쓴 단순한 것에서 시작한다. 그것이 책 제목이 되기도 하고.

이 책은 그동안 긴 소설을 쓸 여유가 없었던 간절한 마음이 담겨 있는 짧고 소박한 소설로 채워져 있다. 그 가운데 어떤 소설은 제법 긴 분량의 작품이 될 가능성을 품고 있다. 하지만 손바닥 소설로도 일단은 만족한다. 이제 내 손바닥에서 벗어나 사람들의 손바닥에 무엇인가를 쓰고 싶다. 폭력적인 손바닥엔 친절과 겸손을, 추행의 손바닥엔 경건과 순결을, 핵폭탄의 손바닥엔 사랑과 평화를, 뭐 이런 식으로 세상을 바라보고 싶다. '벽과 담'보다는 '다리와 길'을 원하는 마음이다. 그것이 요즘 유행하는 절망적이고 비참한 사회현상들인 폭식, 폭소, 폭력의 시대를 버티고 견디는 내 삶의 방식이다.

소설이란 무엇인가? 새삼스럽게 생각한다. 그것은 때가 되면 비로소 조금 쓸 수 있는 작고 소박한 이야기라고, 지금까지 준비를 했고, 이제 그 시작을 하고 있다는 생각이 든다. 지난 시절을 돌이켜 보면 제법 많은 책을 냈다. 비록 쓸모없는 책들이지만, 그것들은 쓸모 있는 한 페이지를 위한 거름이자 밑천이리라. 또한 모닥불을 지피기 위한 마른 장작이다. 올 겨울, 이 책을 당신이 좋아하는 사람의 손바닥 위에 올려놓기를 바란다.

2018년 입동 즈음
원재훈